Случай из практики

契诃夫小说选集

出诊集

〔俄〕契诃夫 著

汝龙 译

人民文学出版社

图书在版编目（CIP）数据

契诃夫小说选集. 出诊集/（俄罗斯）契诃夫著；汝龙译. —北京：人民文学出版社，2021
ISBN 978-7-02-012924-9

Ⅰ.①契… Ⅱ.①契…②汝… Ⅲ.①短篇小说—小说集—俄罗斯—近代 Ⅳ.①I512.44

中国版本图书馆 CIP 数据核字（2017）第 136742 号

策划编辑	张福生
责任编辑	李丹丹
装帧设计	刘　静
责任印制	王重艺

出版发行	人民文学出版社
社　　址	北京市朝内大街 166 号
邮政编码	100705
网　　址	http://www.rw-cn.com
印　　刷	三河市博文印刷有限公司
经　　销	全国新华书店等
字　　数	89 千字
开　　本	787 毫米×1092 毫米　1/32
印　　张	7.375
印　　数	1—3000
版　　次	2021 年 4 月北京第 1 版
印　　次	2021 年 4 月第 1 次印刷
书　　号	978-7-02-012924-9
定　　价	30.00 元

如有印装质量问题，请与本社图书销售中心调换。电话:010-65233595

目　　次

出诊 ……………………………… 1

风波 ……………………………… 25

约内奇 …………………………… 42

家长 ……………………………… 83

沃洛嘉 …………………………… 92

丈夫 …………………………… 119

波连卡 ………………………… 130

安纽达 ………………………… 142

大沃洛嘉和小沃洛嘉 ………… 152

精神错乱 ……………………… 178

出　　诊

教授接到利亚利科夫工厂打来的一封电报,请他赶快就去。从那封文理不通的长电报上,人只能看懂这一点:有个利亚利科娃太太,大概就是工厂的厂主,她的女儿生病了,此外的话就看不懂了。教授自己没有去,派他的住院医师科罗廖夫替他去了。

他得坐火车到离莫斯科两站路的地方,然后出车站坐马车走大约四俄里。有一辆三匹马拉着的马车已经奉命在车站等科罗廖夫了。车夫戴着一顶插一根孔雀毛的帽子,他对医师所问的一切话都照军人那样高声回答:"决不是!""是那样!"那是星期六的黄昏,太阳正在落下去。工人从工厂出来,成群结伙到火车站去,他们见到科罗廖夫坐着的马车就鞠躬。黄昏、庄园、两旁的别墅、桦树、四周的恬静气氛,使科罗廖夫看得入迷,这时候在假日前夜,田野、树林、太阳,好像跟工人一块儿准备着休息,也许还准备着祷告呢……

他生在莫斯科,而且是在那儿长大成人的。他不了解乡村,素来对工厂不感觉兴趣,也从没到工厂里去过。不过他偶尔也看过讲到工厂的文章,还到厂主家里拜访过,跟他们谈过天。他每逢看见远处或近处有一家工厂,总是暗想从外面来看那是多么安静,多么平和,至于里面,做厂主的大概是彻头彻尾的愚昧,昏天黑地的自私自利,工人做着枯燥无味、损害健康的苦工,大家吵嘴,灌酒,满身的虱子。现在那些工人正在战战兢兢、恭恭敬敬地给四轮马车让路,他在他们的脸上、便帽上、步法上,看出他们浑身肮脏,带着醉意,心浮气躁,精神恍惚。

出 诊

他的车子走进了工厂大门。他看见两边是工人的小房子,看见许多女人的脸,看见门廊上晾着被子和衬衫。"小心马车!"车夫嚷道,却并不勒住马。那是个大院子,地上没有青草。院子里有五座大厂房,彼此相离不很远,各有一根大烟囱,此外还有一些货栈和棚子,样样东西上都积着一层灰白的粉末,像是灰尘。这儿那儿,就跟沙漠里的绿洲似的,有些可怜相的小花园,和管理人员所住的房子的红色或绿色房顶。车夫忽然勒住马,马车就在一所重新上过灰色油漆的房子前面停住了。这儿有一个小花园,种着紫丁香,花丛上积满尘土。黄色的门廊上有一股浓重的油漆味。

"请进,大夫,"好几个女人的语声在过道里和前厅里说,同时传来了叹息和低语的声音,"请进,我们盼您好久了……真是烦恼。请您往这边走。"

利亚利科娃太太是一个挺胖的、上了岁数的太太,穿一件黑绸连衣裙,袖子样式挺时髦,不过从她的面容看来,她是个普通的、没受过教育的女人。她心神不宁地瞧着大夫,不敢对他伸出手去。她没有那份勇气。她身边站着一个女人,头发剪短,戴着夹鼻眼镜,穿一件花花绿绿的短上衣,长得清瘦,年纪已经不算轻了。女仆称呼她赫里斯京娜·德米特里耶芙娜,科罗廖夫猜想这人是家庭女教师。大概她是这家人里顶有学问的人物,所以受到嘱托来迎接和招待这位大夫吧,因为她马上急急忙忙地开始述说得病的原因,讲了许多琐碎而惹人讨厌的细节,可是偏偏没说出是谁在害病,害的是什么病。

医师和家庭女教师坐着谈话,女主人站在门口一动也不动,等着。科罗廖夫从谈话里知道病人是利亚利科娃太太的独生女和继承人,一个二十岁的姑娘,名叫丽莎。她害病很久了,请过各式各样的医师治过病,昨天夜里,从黄昏起到今天早晨止她心跳得厉害,弄得一家人全没睡觉,担心她别是要死了。

"我们这位小姐,可以说,从小就有病,"赫里斯京娜·德米特里耶芙娜用娇滴滴的声音说,屡次用手擦嘴唇,"医师说她神经有毛病,她小时候害过瘰疬病,可是医师把那病闷到她心里去了,所以我想毛病也许就出在这上面了。"

他们去看病人。病人已经完全是个成人,身材高大,可是长得跟母亲一样难看,眼睛也一样小,脸的下半部分宽得不相称。她躺在那儿,头发蓬松,被子一直盖到下巴上。科罗廖夫第一眼看上去,得了这么一个印象:她好像是一个身世悲惨的穷人,多亏别人慈悲,才把她弄来藏在这儿。他不能相信这人就是五座大厂房的继承人。

"我来看您,"科罗廖夫开口说,"我是来给您治病的。您好。"

他说出自己的姓名,跟她握手,那是一只难看的、冰凉的大手。她坐起来,明明早已习惯让医师看病了,裸露着肩膀和胸脯一点也不在乎,听凭医师给她听诊。

"我心跳,"她说,"通宵跳得厉害极了……我差点吓死!请您给点什么药吃吧。"

"好的！好的！您放心吧。"

科罗廖夫诊查过后，耸一耸肩膀。

"心脏挺好，"他说，"一切都正常，一切都没有毛病。一定是您的神经有点不对头，不过那也是十分平常的事。必须认为，就是神经上的毛病也已经过去了，您躺下来睡一觉吧。"

这当儿一盏灯送进寝室里来。病人看见灯光就眯细眼睛，忽然双手捧着头，号啕大哭起来。于是难看的穷人的印象忽然消散，科罗廖夫也不再觉得那对眼睛小，下半个脸过分宽了。看见一种柔和的痛苦表情，这表情是那么委婉动人，在他看来她周身显得匀称、娇气、朴实了，他不由得想要安慰她，不过不是用药，也不是用医师的忠告，而是用亲切简单的话。她母亲搂住她的头，让她贴紧自己的身子。老太太的脸上现出多么绝望，多么悲痛的神情啊！她，做母亲的，抚养她，把她养大成人，一点不怕花钱，把全部精力都用在她身上，叫她学会法语、跳舞、音乐，为她请过十来个老师，请过顶好的医师,还请一个家庭女教师住在家里。现在呢,她弄不明白她女儿的眼泪是从哪儿来的,为什么她这么愁苦,她不懂,她惶恐,她脸上现出惭愧、不安、绝望的表情,仿佛她忽略了一件很要紧的事,有一件什么事还没做好,有一个什么人还没请来,不过究竟那人是谁,她却不知道了。

"丽桑卡①,你又哭了……又哭了,"她说,把女儿紧紧搂在怀里,"我的心肝,我的宝贝,我的乖孩子,告诉我,你怎么了?可怜可怜我,告诉我吧。"

两个人都哀哀地哭了。科罗廖夫在床边坐下,拿起丽莎的手。

"得了,犯得上这么哭吗?"他亲切地说,"真的,这世界上任什么事都值不得这么掉眼泪。算了,别哭了,这没用处……"

同时他心里暗想:

---

① 丽莎的爱称。

"她到了该结婚的时候了……"

"我们工厂里的医师给她溴化钾吃,"家庭女教师说,"可是我发觉她吃下去更糟。依我看来,真要是治心脏,那一定得是药水……我忘记那药水的名字了……是铃兰滴剂吧,对不对?"

随后她又详详细细解释一番。她打断医师的话,妨碍他讲话。她脸上带着操心的神情,仿佛认为自己既是全家当中顶有学问的人,那就应该跟医师连绵不断地谈下去,而且一定得谈医学。

科罗廖夫觉得厌烦了。

"我认为这病没有什么大关系,"他走出卧房,对那位母亲说,"既然您的女儿由厂医在看病,那就让他看下去好了。这以前他下的药都是对的,我看用不着换医师。何必换呢?这是普普通通的小病,没什么大不了的……"

他从容地讲着,一面戴手套,可是利亚利科娃太太站在那儿一动也不动,用泪汪汪的眼睛瞧着他。

出 诊 集

"现在离十点钟那班火车只差半个钟头了,"他说,"我希望我不要误了车才好。"

"您不能在我们这儿住下吗?"她问,眼泪又顺着她的脸颊流下来了,"我不好意思麻烦您,不过求您行行好……看在上帝面上,"她接着低声说,朝门口看一眼,"在我们这儿住一夜吧。她是我的命根子……独生女……昨天晚上她把我吓坏了,我都沉不住气了……看在上帝面上,您别走!……"

他本来想对她说他在莫斯科还有许多工作要做,说他家里的人正在等他回去,他觉着在陌生人家里毫无必要地消磨一个黄昏再过一个通宵是一件苦事,可是他看了看她的脸,就叹一口气,一言不发地把手套脱掉了。

为了他,客厅和休息室里的灯和蜡烛全点亮了。他在钢琴前面坐下来,翻一会儿乐谱,然后瞧墙上的画片,瞧画像。那些画片是油画,镶着金边框子,画的是克里米亚的风景,浪潮澎湃的海上浮着一条小船,一个天主教教士拿着一个酒杯,那些画儿全都干巴巴,过分雕琢,没有才气……画像上也没有一张美丽的、顺眼的脸,尽是些高颧骨和惊讶的眼睛。丽莎的父亲利亚利科夫前额很低,脸上带着扬扬得意的表情,他的制服像口袋似的套在他那魁伟强壮的身子上面,胸前戴着一个奖章和一个红十字章。房间里缺乏文雅的迹象,奢华的布置也是偶然凑成,并不是精心安排的,一点也不舒适,就跟那套制服一样。地板亮得照眼,枝形吊灯架也刺眼,不知什么缘故他想起一段故事,讲的是一个商人,就是去洗澡的时候,脖子上也套着一个奖章……

从前厅传来交头接耳的语声,有人在轻声地打鼾。忽然,房子外面传来金属的、刺耳的、时断时续的声音,那是科罗廖夫以前从没听到过的,现在他也不懂那是什么声音。这响声在他的心里挑起奇特的、不愉快的反应。

"看样子,怎么也不该留在这儿住下……"他想,又去翻乐谱。

出　诊　集

"大夫,请来吃点东西!"家庭女教师低声招呼他。

他去吃晚饭。饭桌很大,上面摆着许许多多凉菜和酒,可是吃晚饭的只有两个人:他和赫里斯京娜·德米特里耶芙娜。她喝红葡萄酒,吃得很快,一面戴起夹鼻眼镜瞧他,一面说话:

"这儿的工人对我们很满意。每年冬天我们工厂里总要演剧,由工人自己演。他们常听到有幻灯片配合的朗读会,他们有极好的茶室,看样子,他们真是要什么有什么。他们对我们很忠心,听说丽桑卡病重了,就为她做祈祷。虽然他们没受过教育,倒是些有感情的人呢。"

"你们这家里仿佛没有一个男人。"科罗廖夫说。

"一个也没有。彼得·尼卡诺雷奇已经在一年半以前去世,剩下来的只有我们这些女人了。因此,这儿一共只有我们三个人。夏天,我们住在这儿,冬天呢,我们住在莫斯科或者波梁卡。我在她们这儿已经住了十一年。跟自家人一样了。"

晚饭有鲟鱼、鸡肉饼、糖煮水果,酒全是名贵的法国葡萄酒。

"请您别客气,大夫,"赫里斯京娜·德米特里耶芙娜说,吃着,攥着拳头擦嘴。看得出来,她觉得这儿的生活满意极了,"请再吃一点。"

饭后,医师被人领到为他准备好床铺的房间里去了。可是他还没有睡意。房间里闷得很,而且有油漆的气味,他就披上大衣,出去了。

外面天气凉爽,天空已经现出微微的曙光,那五座竖着高烟囱的大厂房、棚子、货栈在潮湿的空气里清楚地显出轮廓。由于假日到了,工人没有做工,窗子里漆黑,只有一座厂房里还生着炉子,有两个窗子现出红光,从烟囱里冒出来的烟偶尔裹着火星。院子外边远远的有青蛙呱呱地叫,夜莺在歌唱。

他瞧着厂房和工人在其中睡觉的棚子,又想起每逢看见工厂的时候总会想到的种种念头。尽管让工人演剧啦,看幻灯片啦,请厂医啦,进行各式各样的改良措施啦,可是他今天从火车站来一路上所遇见的工人,跟许久以前,在没有工厂戏剧和种种改良措施以前,他小时候看见的那些工人相比仍旧没有什么两样。他作为医师,善于正确判断那种根本病因无法查明,因而无法医治的慢性病,他把工厂也看作一种不能理解的东西,它的存在原因也不明不白,而且没法消除。他并不是认为凡是改善工人生活的种种措施都是多余的,不过这跟医治不治之症一样。

"当然,这是一种不能理解的事……"他想,瞧着暗红色的窗子,"一千五百到两千个工人在不健康的环境里不停地做工,做出质地粗劣的印花布,半饥半饱地生活着,只有偶尔进了小酒店才会从这种噩梦里渐渐醒过来。另外还有百把人监督工人做工,这百把人一生一世只管记录工人的罚金,骂人,态度不公正,只有两三个所谓的厂主,虽然自己一点工也不做,而且看不起那些糟糕的印花布,倒坐享工厂的利益。可是,那是什么样的利益呢?他们在怎样享受呢?利亚利科娃和她女儿都悲悲惨惨,谁瞧见她们都会觉得可怜,只有赫里斯京娜·德米特里耶芙娜一个人,那戴夹鼻眼镜的、相当愚蠢的老处女,才生活得满意。这么说起来,这五座大厂房里所以有那么多人做工,次劣的花布所以在东方的市场上销售,只是为了叫赫里斯京娜·德米特里耶芙娜一个人可以吃到鲟鱼,喝到红葡萄酒罢了。"

忽然传来一种古怪的声音,就是晚饭以前科罗廖夫听到的那种声音。不知是谁,在一座厂房的近旁敲着一片金属的板子。他敲出一个响声来,可又马上止住那震颤的余音,因此成了一种短促而刺耳的、不畅快的响声,听上去好像"杰儿……杰儿……杰儿……"然后稍稍沉静一会儿,另一座厂房那边也传来同样断断续续的、不好听的响声,那声音更加低沉:"德雷恩……德雷恩……德雷恩……"敲了十一回。显然,这是守夜人在报时:现在是十一点钟了。

他又听见第三座厂房旁边传来:"扎克……扎

克……扎克……"于是所有的厂房旁边全都响起了声音,随后木棚背后和门外也有了。在夜晚的静寂里,这些声音好像是那个瞪着红眼的怪物发出来的,那怪物是魔鬼,他在这儿既统治着厂主,也统治着工人,同时欺骗他们双方。

科罗廖夫走出院子,来到空旷的田野上。

"谁在走动?"有人用粗鲁的声音在门口对他喊了一声。

"就跟在监狱里一样……"他想,什么话也没有回答。

走到这儿,夜莺和青蛙的叫声听起来更清楚一点,人可以感到这是五月间的夜晚了。车站那边传来火车的响声。不知什么地方,有几只没睡醒的公鸡喔喔地啼起来,可是夜晚仍旧平静,世界恬静地睡着了。离工场不远的一块空地上,立着一个房架子,那儿堆着建筑材料。科罗廖夫在木板上坐下来,继续思索:

"在这儿觉得舒服的只有女家庭教师一个人,工人做工是为了使她得到满足。不过,那只是表面看来是这样,她在这儿只不过是傀儡罢了。主要的东西是魔鬼,这儿的一切事都是为他做的。"

他想着他不相信的魔鬼,回过头去眺望那两扇闪着火光的窗子。他觉得,仿佛魔鬼正在用那两只红眼睛瞧着他似的,他就是那个创造了强者和弱者相互关系的来历不明的力量,创造了这个现在没法纠正过来的大错误。强者一定要妨害弱者生活下去,这是大自然的法则,可是这种话只有在报纸的论文里或者教科书上才容易使人了解,容易被人接受。至于在日常生活所表现的纷扰混乱里面,在编织着人类关系的种种琐事的错综复杂里面,那条法则却算不得一条法则,反而成了逻辑上的荒谬,因为强者也好,弱者也好,同样在他们的相互关系下受苦,不由自主屈从着某种来历不明的、站在生活以外的、跟人类不相干的支配力量。科罗廖夫就这么坐在木板上想心事,他渐渐生出一种感觉,仿佛那个来历不明的神秘力量真就在自己附近,瞧着他似的。这之际,东方越来越白,时间过得很快。附近连一个人影也没有,仿佛万物都死了似的,在黎明的灰白背景上,那五座厂房和它们的烟囱显得样子古怪,跟白天不一样。人完全忘了那里面有蒸汽发动机,有电气设备,有电话,却不知怎的,一个劲儿想着水上住宅①,想着石器时代,同时感到冥冥之中存在着一种粗暴的、无意识的力量……

又传来那响声:

"杰儿……杰儿……杰儿……杰儿……"

十二下。随后沉寂了,沉寂了这么半分钟,院子的另一头又响起来:

"德雷恩……德雷恩……德雷恩……"

"难听极了!"科罗廖夫想。

"扎克……扎克……"另外一个地方响起来,声音断断续续,尖锐,仿佛很烦躁似的,"扎克……

---

① 指古昔湖上生活时代。

扎克……"

为了报告十二点钟,前后一共要用去四分钟工夫。随后大地沉寂了,又给人那种印象,仿佛四周的万物都死去了似的。

科罗廖夫再略略坐一会儿,就走回正房去,可是在房间里又坐了很久,没有上床睡觉。隔壁那些房间里,有人低声说话,有拖鞋的声音,还有光脚走路的声音。

"莫非她又发病了?"科罗廖夫想。

他走出去看一看病人。各房间里已经很亮,一道微弱的阳光射透晨雾,照在客厅的地板上和墙上,颤抖着。丽莎的房门开着,她本人坐在床旁边一张安乐椅上,穿着长袍,没有梳头,围着披巾。窗帘放下来。

"您觉得怎样?"科罗廖夫问。

"谢谢您。"

他摸摸她的脉搏,然后把披在她额头上的头发理一理好。

"原来您没有睡觉,"他说,"外面天气好得很,这是春天了,夜莺在唱歌,您却坐在黑地里想心事。"

她听着,瞧着他的脸,她的眼神忧郁而伶俐。看得出来她想要跟他说话。

"您常这样吗?"他问。

她动一动嘴唇,回答说:

"常这样。我几乎每夜都难熬。"

这当儿院子里守夜人开始报告两点钟了。他们听见:"杰儿……杰儿……"她打了个冷战。

"打更的声音搅得您心不定吗?"他问。

"我不知道。这儿样样事情都搅得我心不定,"她回答说,随后思考了一下,"样样事情都搅得我心不定。我听出您的说话声音里含着同情。我头一眼看见您的时候,不知什么缘故,就觉得样样事都可以跟您谈一谈。"

"那我就请求您谈一谈吧。"

"我要对您说一说我自己的看法。我觉得自己好像没什么病,只是我心不定,我害怕,因为处在我的地位一定会这样,没有别的办法。就是一个顶健康的人,比方说,要是有个强盗在他窗子底下走动,那他也不会不心慌。常常有医师给我看病,"她接着说,眼睛瞧着自己的膝头,现出羞答答的微笑,"当然,我心里很感激,也不否认看病有好处,可是我只盼望跟一个亲近的人谈谈心,倒不是跟医师谈心,而是跟一个能了解我,也指得出我对或者不对的朋友谈心。"

"难道您没有朋友吗?"科罗廖夫问。

"我孤孤单单。我有母亲,我爱她,不过我仍旧孤孤单单。生活就是这个样子……孤独的人老是看书,却很少开口,也很少听到别人的话。在他们,生活是神秘的。他们是神秘主义者,常常在没有魔鬼的地方看见魔鬼。莱蒙托夫的达玛拉①是孤独的,所以她看见了魔鬼。"

"您老是看书吗?"

---

① 俄国诗人莱蒙托夫的长诗《恶魔》中的女主人公。

"对了。您要知道,我从早到晚,全部时间都闲着没事干。我白天看书,到了夜里脑子中空空洞洞,思想没有了,只有些阴影。"

"夜里您看见什么东西吗?"科罗廖夫问。

"没有看见什么,可是我觉着……"

她又微微地笑,抬起眼睛来瞧医师,那么忧郁、那么伶俐地瞧着他。他觉得她仿佛信任他,要跟他诚恳地谈一谈似的,她也正在那样想。不过她沉默着,也许在等他开口吧。

他知道应该对她说些什么话才对。他明明白白地觉得她得赶快丢下五座厂房和日后会继承到的百万家财,要是他处在她的地位,就会离开这个夜间出巡的魔鬼,他同样明明白白地觉得她自己也在这样想,只等着一个她信任的人来肯定她的想法罢了。

可是他不知道该怎么说才好。怎么说呢?对于已判决的犯人,谁也不好意思问他一声为了什么事情判的罪,同样,对于很有钱的人,谁也不便问一声他们要那么些钱有什么用,为什么他们这么不会利用财富,为什么他们甚至在看出财产造成了他们的不幸的时候还不肯丢掉那种财产。要是谈起这种话来,人照例会觉着难为情,发窘,而且会说得很长的。

"怎么说才好呢?"科罗廖夫暗自盘算着,"再者,有必要说出来吗?"

他没有率直地把心里要说的话说出来,而是转弯抹角地说了一下:

"您处在工厂主人和富足的继承人的地位,却并不满足;您不相信您有这种权利。于是现在,您睡不着觉了。这比起您满足,睡得酣畅,觉得样样事情都顺心当然好得多。您这种失眠是引人起敬的。不管怎样,这是个好兆头。真的,我们现在所谈的这些话在我们父母那一辈当中是不能想象的。他们夜里并不谈话,而是酣畅地睡觉。我们,我们这一代呢,却睡不好,受着煎熬,谈许许多多话,老是想判断我们做得对还是不对。然而,到我们的子孙辈,这个对不对的问题就已经解决了。他们看起事情来会比我们清楚得多。过上五十年光景,生活一定会好过了;只是可惜我们活不到那个时候。要是能够看一眼那时候的生活才有意思呢。"

"我们的子孙处在我们的地位上会怎么办呢?"丽莎问。

"我不知道……大概他们会丢开一切,走掉吧。"

"上哪儿去呢?"

"上哪儿去吗?……咦,爱上哪儿去就上哪儿去啊,"科罗廖夫说,笑起来,"一个有头脑的好人有的是地方可去。"

他看一看表。

"可是,太阳已经升起来了,"他说,"您该睡觉了。那就脱掉衣服,好好睡吧。我认识了您,很高兴,"他接着说,握了握她的手,"您是一个很有趣味的好人。晚安!"

他走回自己的房间,上床睡觉了。

第二天早晨,一辆马车被叫到门前来了,她们就都走出来,站在台阶上送他。丽莎脸色苍白,形容憔悴,头发上插一朵花,身上穿一件白色连衣裙,像过节似的。跟昨天一样,她忧郁地、伶俐地瞧着他,微微笑着,说着话,时时刻刻现出一种神情,仿佛她要告诉他——只他一个人——什么特别的、要紧的事情似的。人们可以听见百灵鸟啭鸣,教堂里钟声叮当地响。厂房的窗子明晃晃地发亮。科罗廖夫坐着车子走出院子,然后顺着大路往火车站走去,这时候他不再想那些工人,不再想水上住宅,不再想魔鬼,只想着那个也许已经很近了的时代,到那时候,生活会跟这宁静的星期日早晨一样的光明畅快。他心想:在这样的春天早晨,坐一辆由三匹马拉着的好马车出来,晒着太阳,是多么愉快啊。

风　　波

玛申卡·帕夫列茨卡娅是个非常年轻的姑娘,刚刚在贵族女子中学毕业,这一天她在外面散步后,回到库什金家,她是在那儿做家庭教师的。不料她正碰上一场非同小可的风波。给她开门的看门人米哈伊洛神情激动,脸红得跟大虾一样。

楼上传来一片嘈杂声。

"多半是女主人发病了……"玛申卡暗想,"要不然就是她跟丈夫吵架……"

她在前厅和过道里都遇见了使女。有个使女在哭。随后玛申卡瞧见从她自己的房间里跑出一个人来,正是男主人尼古拉·谢尔盖伊奇。他是个身材矮小的男人,年纪还不算老,脸上却已经皮肉松弛,头顶秃了一大块。他脸色通红,浑身发抖……他没看见这个女家庭教师,径自从她身旁走过去,举起双手,叫道:

"啊,糟透了!多么鲁莽!多么愚蠢,野蛮!太可恶了!"

玛申卡走进她的房间,在这儿,她有生以来第一次极其尖锐地体验到凡是寄人篱下、听人摆布、靠富贵人家的面包过活的人所熟悉的那种心情。原来她的房间正遭到搜查。女主人费多西娅·瓦西里耶夫娜在她桌子旁边站着,把她的毛线球、布块、纸片……放回她的针线袋里。那女人是个体态丰满、肩膀很宽的太太,没戴头巾,生着两道乌黑的浓眉,颧骨突出,嘴唇上生着隐约可见的唇髭。她那两只通红的手、她那张脸和她那姿态,都像是一个普通的村妇和厨娘……女家庭教师的出现分明出乎她的意外,因为她回头一看,见到女

家庭教师苍白而惊讶的脸容,就有点慌了手脚,支支吾吾地说:

"Pardon①。我……无意中弄洒了这些东西……是我的袖子碰翻的……"

库什金娜太太又说了几句别的话,就把她的长衣裙弄得沙沙地响,走出去了。玛申卡用惊愕的眼睛扫一眼她的房间,一点也不明白这是怎么回事,也不知道该怎样想才好,只是耸起肩膀,害怕得浑身发凉……费多西娅·瓦西里耶夫娜在她的袋子里找什么呢?如果确实像她说的那样,她是一不小心让衣袖碰翻了袋子,把东西弄洒的,那么尼古拉·谢尔盖伊奇为什么从她房间里跑出去,脸那么红,神情那么激动呢?为什么书桌上的一个抽屉略微拉开了一点?女家庭教师有个贮钱盒,原是用来收藏十戈比银币和旧邮票的,现在却打开了。人家把它打开后,虽然想关上,而且把锁抓得满是指痕,却

---

① 法语:对不起。

还是关不上。书架、桌面、床铺都带着新搜查过的痕迹。装内衣的筐子也是如此。本来那些内衣叠得整整齐齐,然而现在却不像玛申卡出门的时候那么井然有序了。可见这次搜查是认真的,极其认真的,然而这是什么意思,什么缘故呢?出了什么事呢?玛申卡回想看门人的激动,回想目前还在延续的纷乱,回想泪痕斑斑的使女,莫非这一切都同刚才在她房间里进行的搜查有关?莫非她牵连到一件可怕的事情里去了?玛申卡脸色煞白,周身发凉,身不由己地往那个装内衣的筐子上坐下。

有个使女走进房间来。

"丽莎,您知道他们为什么……搜查我的东西吗?"女家庭教师问她说。

"太太丢了一个值两千卢布的胸针……"丽莎说。

"哦,可是为什么搜查我呢?"

"他们,小姐,把所有的人都搜查遍了。我的东西也统统搜查过……他们把我们身上的衣服剥得精光,搜我们……上帝作证,小姐,我……从来也没有到她的梳妆台跟前去过,更别说拿她的胸针了。就是到了警察局我也要这么说。"

"可是……为什么要搜我的东西呢?"女家庭教师仍然大惑不解。

"我跟您说过,有个胸针让人偷去了……太太亲手把所有的东西都翻遍。就连看门人米哈伊洛她都搜过。简直是丢脸!尼古拉·谢尔盖伊奇光是瞧着,呱呱地叫一通,就跟母鸡似的。不过您,小姐,用不着这么发抖。在您这儿什么也没找着!要是您没拿那个胸针,就用不着害怕。"

"可是要知道,丽莎,这是卑鄙……欺负人,"玛申卡说,愤懑得上气不接下气,"要知道这是下流,卑鄙!她有什么权利怀疑我,翻我的东西?"

"您是住在别人家里,小姐,"丽莎叹道,"虽然您是位小姐,不过也还是……跟仆人差不多……这跟在爹娘家里住着可不一样……"

玛申卡扑在床上,伤心地放声痛哭。她从来没有遭到过这样的迫害,也从来没有受过像现在这样深重的侮辱……她是个有良好教养而且敏感的姑娘,又是教师的女儿,可是现在人家居然怀疑她偷东西,搜查她,把她当作街头女人一样!比这再厉害的侮辱似乎都没法想象了。而且除了这种受屈的感觉以外,还有沉重的恐惧:今后还会怎样?!种种荒谬的想法钻进她的头脑里。既然人家能够怀疑她偷东西,那他们现在也可能拘禁她,把她的衣服脱光,把她里里外外搜查一番,然后派人押着她走过大街,把她关进又黑又冷而且满是耗子和甲虫的牢房里,就跟幽禁塔拉卡诺娃郡主的牢房①一样。谁会来给她做主呢?她父母住在遥远的外省,他们没有钱乘火车到她这儿来。她在这个京城孤身一人,就跟住在荒野上似的,既没有亲人,也没

---

① 塔拉卡诺娃郡主是一个年轻貌美的女人,在俄国女皇叶卡捷琳娜二世时期,自称是故女皇伊丽莎白的女儿,后被捕,死在牢房里。俄国画家弗拉维茨基在一八六四年完成的画《塔拉卡诺娃郡主》描绘了她被关在牢房里的情景。——俄文本编者注

有朋友。人家要怎样处置她就能怎样处置她。

"我要跑到所有的法官和辩护人那儿去……"玛申卡想,不住地发抖,"我要向他们解释清楚,我要起誓……他们会相信我不可能是贼!"

玛申卡想起她衣筐里被单底下放着一些甜食,这是她按照在贵族女子中学里养成的老习惯,吃饭时候藏在衣袋里,带回自己房间里来的。她想到她这个小小的秘密已经被女主人识破,就不由得周身发热,害臊起来。由于这一切,由于恐惧和羞臊,由于受屈,她的心猛烈地跳起来,弄得她的两鬓、双手、肚子深处也猛烈地跳动不已。

"请您去吃饭!"仆人来请玛申卡。

"去不去呢?"她想。

玛申卡整理一下头发,用湿手巾擦一把脸,走进饭厅。那儿已经开始吃饭……饭桌的一头坐着费多西娅·瓦西里耶夫娜,大模大样,脸容死板而严肃。饭桌的另一头坐着尼古拉·谢尔盖伊奇。饭桌两旁坐着客人和孩子们。伺候吃饭的是两个听差,身穿礼服,手上戴着白手套。大家都知道这个家庭起了风波,都知道女主人闷闷不乐,就都沉默不语。只有嚼东西的声音和汤匙碰响盆子的声音。

谈话是由女主人自己开的头。

"我们的第三道菜是什么?"她用懒洋洋的痛苦声调问听差说。

"De l'esturgeon à la russe。"①听差回答说。

"这道菜是我点的,费尼娅②……"尼古拉·谢尔盖伊奇赶紧说,"我想吃鱼。要是你,ma chère③,不喜欢吃,那就叫他们不用端上来了。反正我也是随便点的……一时高兴罢了……"

费多西娅·瓦西里耶夫娜不喜欢吃不是由她本人点的菜,这时候眼睛里就含满了泪水。

---

① 法语:俄式鲫鱼。
② 费多西娅的爱称。
③ 法语:我亲爱的。

"得了,您不要激动,"她的家庭医师马米科夫用甜蜜蜜的声调说,轻轻碰一下她的手,而且同样甜蜜蜜地微笑着,"就是没有这件事,我们也已经够烦恼的了。我们忘掉那个胸针吧!健康总比两千卢布贵重!"

"我倒不是心疼那两千卢布!"女主人回答说,大颗的泪珠顺着脸颊流下来,"惹我气愤的是这件事本身!我不能容忍我家里有贼。钱我倒不心疼,一点也不心疼,可是偷我的东西,未免太忘恩负义!我待人好心好意,人家却这么报答我……"

人人都瞧着自己的菜碟,然而玛申卡却觉得女主人说完那些话后,大家似乎都瞧着她。她忽然觉得喉头堵得慌,就哭起来,用手绢蒙上脸。

"Pardon,"她喃喃地说,"我受不住了。我头痛。我要走了。"

她从桌旁站起来,笨手笨脚地碰响自己的椅子,越发心慌意乱,赶紧走出去了。

"上帝才知道是怎么回事!"尼古拉·谢尔盖伊奇忍不住说,皱起眉头,"何必去搜查她的房间!这件事,真的,……办得多么不得当。"

"我并没有说她拿了那个胸针,"费多西娅·瓦西里耶夫娜说,"不过你能替她担保吗?我,老实说,对这些念过书的穷人是不大相信的。"

"真的,费尼娅,这件事不得当……对不起,费尼娅,根据法律,你没有任何权利进行搜查。"

"我不懂你们那些法律。我只知道我的胸针丢了,就是这么的。而且我要把那个胸针找到!"她说着,把叉子呛的一响摔在她的菜碟上,气愤得两眼放光,"您吃您的饭,不要管我的事!"

尼古拉·谢尔盖伊奇顺从地低下眼睛,叹口气。这时候玛申卡已经回到她的房间里,扑在床上了。现在她已经不再感到恐惧,也不再觉得羞臊,只有一种强烈的愿望折磨着她,就是恨不得走到那边去,给那个冷酷、傲慢、愚蠢、有福的女人一个清脆的耳光才好。

出 诊 集

她躺在床上,鼻子对着枕头呼吸,幻想着如果现在她能出去买来一个最贵重的胸针,朝着那个任性胡为的女人脸上扔过去,那才痛快呢。只求上帝大显神通,叫费多西娅·瓦西里耶夫娜倾家荡产,沿街乞讨,领略一下贫困和不能自主的地位的种种惨痛,然后再让受了侮辱的玛申卡给她一点施舍才好。啊,但愿能得到一大笔遗产,买上一辆四轮马车,坐着它辘辘响地经过她的窗前,惹得她看着眼红才好!

然而所有这些都是幻想,在现实生活里她只有一件事可做,就是赶快走掉,再也不在这儿多待一个钟头。不错,丢掉这个职位,又回到一贫如洗的父母身边去是可怕的,可是有什么办法呢?玛申卡再也不愿意看见女主人,再也不愿意看见自己的小房间,她觉得这儿又气闷又可怕。费多西娅·瓦西里耶夫娜总爱谈她的病,总爱装出贵族的气派,简直着了魔,惹得玛申卡讨厌透了,似乎人间万物都因为有这个女人活着而变得粗俗可恶了。玛申卡跳下床来,动手收拾行李。

"可以进来吗?"尼古拉·谢尔盖伊奇在门外问道。他悄悄地走到房门跟前,用轻柔的声调说,"可以吗?"

"请进。"

他走进来,在房门近旁站住。他的眼睛黯淡无光,小红鼻子发亮。饭后他喝了啤酒,这可以从他的步态和软弱无力的双手看出来。

"这是怎么了?"他指一指衣筐问道。

"我在收拾行李。对不起,尼古拉·谢尔盖伊奇,我不能再在您家里住下去了。这种搜查深深地侮辱了我!"

"我明白……只是您不该这样……何必呢?您遭到了搜查,可是您……那个……这于您有什么妨碍呢?您又不会因此吃什么亏。"

玛申卡没有说话,继续收拾行李。尼古拉·谢尔盖伊奇捻着唇髭,仿佛在盘算还应该说些什么,然后用讨好的口气继续说:

"我,当然,是明白的,不过您应当体谅她才对。您知道,我的妻子脾气躁,任性,对她不能太认真……"

玛申卡一言不发。

"既是您感到这么委屈,"尼古拉·谢尔盖伊奇继续说,"那好吧,我来向您道歉。请您原谅。"

玛申卡什么话也没回答,光是把腰弯得更低,凑近皮箱。这个形容憔悴、优柔寡断的人在这个家庭里丝毫也不起作用。他无异于一个可怜的食客和多余的人,甚至在仆人们眼里也是如此。他的道歉也是毫无意义的。

"嗯……您不说话?您觉得这还不够?既是这样,我就替我的妻子道歉。用我妻子的名义……我以贵族的身份承认,她办事鲁莽……"

尼古拉·谢尔盖伊奇走来走去,叹口气,继续说:

"这样看来,您还要我这儿,喏,我的心底里痛苦……您是要我的良心折磨我……"

"我知道,尼古拉·谢尔盖伊奇,这不能怪您,"玛申卡说,用沾着泪痕的大眼睛直直地瞧着他的脸,"您何必自寻烦恼呢?"

"当然……不过您还是……那个……不要走吧……我求求您。"

玛申卡否定地摇一下头。尼古拉·谢尔盖伊奇在窗旁站住,用手指头轻叩着窗上的玻璃。

"对我来说,这类误会简直就是苦刑,"他费力地说,"怎么样,您要我在您面前跪下还是怎么的?您的自尊心受了伤害,于是您就哭着,准备走了,可是要知道,我也有自尊心啊,这您就不顾了。或者您是要我对您说出我在举行忏悔礼的时候也不愿说出口的话?您是要这样吗?您听着,您是要我说穿连我在临终忏悔的时候对神甫也不肯说穿的事吗?"

玛申卡没有答话。

"我妻子的胸针是我拿的!"尼古拉·谢尔盖伊奇很快地说,"现在您称心了吧?您满意了吧?对,就是我……拿的……不过,当然,我希望您保守秘密……看在上帝的分儿上,您对外人一句话也别说,半点口风也不要漏出去!"

玛申卡又惊又怕,继续收拾行李。她抓住她的衣物,揉成一团,胡乱塞进皮箱和衣筐里。现在,经尼古拉·谢尔盖伊奇坦率地说穿以后,她在这儿就连一分钟也待不下去了,甚至不明白以前她怎能在这个人家住下来。

"这没有什么可奇怪的……"尼古拉·谢尔盖伊奇沉默了一会儿,继续说,"这件事很平常!我缺钱用,她呢……不给。要知道,这所房子和这一切都是我父亲挣下的,玛丽亚①·安德烈耶夫娜!要知道这一切都是我的,就连那个胸针也是我母亲的……全是我的!可是她都拿去了,霸占了一切东西……您会承认,我没法跟她打官司啊……我恳切地请求您,请您原谅,

---

① 女家庭教师的本名,玛申卡是爱称。

而且……而且留下来吧。Tout comprendre, tout pardonner①。您肯留下来吗？"

"不！"玛申卡坚决地说，开始发抖，"请您躲开我，我求求您。"

"哎，求上帝跟您同在，"尼古拉·谢尔盖伊奇叹道，在皮箱旁边一个凳子上坐下，"我，老实说，喜欢那些还能有受侮辱、蔑视人等等感情的人。我情愿一辈子坐在这儿瞧着您愤慨的脸……这样说来，您不肯留下了？我明白……事情也不能不是这样……是啊，当然……您这样一走，倒挺自在，却苦了我，唉唉！……这个地牢我连一步也迈不出去。我原想到我们一个庄园上去，可是那儿也到处都是我妻子的爪牙……什么总管啦，农艺师啦，叫他们见鬼去吧。他们把田产抵押了又抵押……于是你就钓不得鱼，踩不得草，砍不得树。"

"尼古拉·谢尔盖伊奇！"从大厅里传来费多西

---

① 法语：了解一切就原谅一切。

娅·瓦西里耶夫娜的说话声,"阿格尼娅,去把老爷叫来!"

"那么您不肯留下来了?"尼古拉·谢尔盖伊奇很快地问道,站起来,往门口走去,"其实您应该留下来,真的。每到傍晚我也好到您这儿来……谈一谈心。啊?您留下来吧!您一走,整个这所房子里就连一张人脸也看不到了。这岂不可怕!"

尼古拉·谢尔盖伊奇苍白而憔悴的脸上露出恳求的神情,可是玛申卡否定地摇一下头。他就挥一挥手,走出去了。

过了半个钟头,她已经上路了。

约 内 奇

一

每逢到这个省城来的人抱怨这儿的生活枯燥而单调,当地的居民仿佛要替自己辩护似的,就说正好相反,这个城好得很,说这儿有图书馆、剧院、俱乐部,常举行舞会,最后还说这儿有些有头脑的、有趣味的、使人感到愉快的人家,尽可以跟他们来往。他们还提出图尔金家来,说那一家人要算是顶有教养,顶有才气的了。

出 诊 集

那一家人住在本城大街上自己的房子里,跟省长的官邸相离不远。伊万·彼得罗维奇·图尔金本人是一个胖胖的、漂亮的黑发男子,留着络腮胡子,常常为了慈善性的募捐举办业余公演,自己扮演老年的将军,咳嗽的样儿挺可笑。他知道许多趣闻、谜语、谚语,喜欢开玩笑,说俏皮话,他脸上老是露出这么一种表情:谁也弄不清他是在开玩笑呢,还是说正经话。他的妻子薇拉·约瑟福芙娜是一个身材瘦弱、模样俊俏的夫人,戴着夹鼻眼镜,常写长篇和中篇小说,喜欢拿那些小说当着客人朗诵。女儿叶卡捷琳娜·伊万诺芙娜是一个年轻的姑娘,会弹钢琴。总之,这个家庭的成员各有各的才能。图尔金一家人殷勤好客,而且带着真诚的纯朴,兴致勃勃地在客人面前显露各自的才能。他们那所高大的砖砌的房子宽敞,夏天凉快,一半的窗子朝着一个树木苍郁的老花园,到春天就有夜莺在那儿歌唱。每逢家里来了客人,厨房里就响起叮叮当当的菜刀声,院子里散布一股煎洋葱的气味,这总是预告着一顿丰盛可口的晚餐要开出来了。

当德米特里·约内奇·斯达尔采夫医师刚刚奉派来做地方自治局医师,在离城九俄里以外的嘉里日住下来的时候,也有人告诉他,说他既是有知识的人,那就非跟图尔金家结交不可。冬天,有一天在大街上他经人介绍跟伊万·彼得罗维奇相识了。他们谈到天气、戏剧、霍乱,随后伊万·彼得罗维奇就邀他有空上自己家里来玩。到春天,有一天正逢节期,那是耶稣升天节①,斯达尔采夫看过病人以后,动身到城里去散散心,顺便买点东西。他不慌不忙地走着去(他还没置备马车),一路上哼着歌:

在我还没喝下生命之杯里的泪珠的时候……②

在城里,他吃过午饭,在公园里逛一阵,后来忽然想起伊万·彼得罗维奇的邀请,仿佛这个念头自动来

---

① 基督教的节日,在复活节后的第四十日。
② 意思是"在我还不懂愁苦的时候……",这是诗人杰尔维格的诗《悲歌》,经另一诗人亚科甫科夫编成歌曲。

到他心头似的,他就决定到图尔金家去看看他们是些什么样的人。

"您老好哇?"伊万·彼得罗维奇说,走到门外台阶上来接他,"看见这么一位气味相投的客人驾到,真是高兴得很,高兴得很。请进。我要把您介绍给我的贤妻。薇罗琪卡①,我跟他说过,"他接着说,同时把医师介绍给他妻子,"我跟他说过,按照法律他可没有任何理由老是坐在医院的家里,他应该把公余的时间用在社交上才对。对不对,亲爱的?"

"请您坐在这儿吧,"薇拉·约瑟福芙娜说,叫她的客人坐在她身旁,"您满可以向我献献殷勤。我丈夫固然爱吃醋,他是奥赛罗②,不过我们可以做得很小心,叫他一点也看不出来。"

"哎,小母鸡,你这宠坏了的女人,……"伊万·彼得

---

① 薇拉的爱称。
② 英国剧作家莎士比亚所著剧本《奥赛罗》中的男主人公。他疑妻不贞,杀死了她。

罗维奇温柔地喃喃道,吻了吻她的额头,"您来得正是时候,"他又转过身来对客人说,"我的贤妻写了一部伟乎其大的著作,今天她正打算高声朗诵一遍呢。"

"好让①,"薇拉·约瑟福芙娜对丈夫说,"dites que l'on nous donne du thé."②

斯达尔采夫由他们介绍,跟叶卡捷琳娜·伊万诺芙娜,一个十八岁的姑娘,见了面。她长得很像母亲,也瘦弱,俊俏。她的表情仍旧孩子气,腰身柔软而苗条。她那已经发育起来的处女胸脯,健康而美丽,叫人联想到春天,真正的春天。然后他们喝茶,外加果酱、蜂蜜,还有糖果和很好吃的饼干,那饼干一送进嘴里就立时溶掉。等到黄昏来临,别的客人就渐渐来了,伊万·彼得罗维奇用含着笑意的眼睛瞧着每一个客人,说:

"您老好哇?"

---

① 俄文伊万等于法文的让。
② 法语:叫人给我们拿茶来。

然后,大家都到客厅里坐下来,现出很严肃的脸色。薇拉·约瑟福芙娜就朗诵她的长篇小说。她这样开头念:"寒气重了……"窗子大开着,从厨房飘来菜刀的叮当声和煎洋葱的气味……人们坐在柔软的、深深的圈椅里,心平气和。在客厅的昏暗里灯光那么亲切地映着眼。眼前,在这种夏日的黄昏,谈笑声从街头阵阵传来,紫丁香的香气从院子里阵阵飘来,于是寒气浓重的情景和夕阳的冷光照着积雪的平原和独自赶路的行人的情景,就不容易捉摸出来了。薇拉·约瑟福芙娜念到一个年轻美丽的伯爵小姐怎样在自己的村子里办学校,开医院,设立图书馆,怎样爱上一个流浪的画家。她念着实生活里绝不会有的故事,不过听起来还是很受用,很舒服,使人心里生出美好宁静的思想,简直不想站起来……

"真不赖……"伊万·彼得罗维奇柔声说。

有一位客人听啊听的,心思飞到很远很远的什么地方去了,用低到刚刚能听见的声音说:

"对了……真的……"

一个钟头过去了,又一个钟头过去了。附近,在本城的公园里,有一个乐队在奏乐,歌咏队在唱歌。薇拉·约瑟福芙娜合上她的稿本,大家沉默五分钟,听着歌咏队合唱的《卢契努希卡》,那支歌道出了小说里所没有的,实生活里所有的情趣。

"您把您的作品送到杂志上发表吗?"斯达尔采夫问薇拉·约瑟福芙娜。

"不,"她回答,"我从来不拿出去发表。我写完,就藏在柜子里头。何必发表呢?"她解释道,"要知道,我们已经足可以维持生活了。"

不知因为什么缘故,人人叹一口气。

"现在,科契克①,你来弹个什么曲子吧。"伊万·彼得罗维奇对女儿说。

钢琴的盖子掀开,乐谱放好,翻开。叶卡捷琳娜·

---

① 叶卡捷琳娜的爱称。

出 诊 集

伊万诺芙娜坐下来,两只手按琴键,然后使足了气力按,按了又按,她的肩膀和胸脯颤抖着。她一个劲儿地按同一个地方,仿佛她不把那几个琴键按进琴里面去就决不罢休似的。客厅里满是铿锵声,仿佛样样东西,地板啦,天花板啦,家具啦……都发出轰隆轰隆的响声。叶卡捷琳娜·伊万诺芙娜正在弹一段很难的曲子,那曲子所以有趣味就因为它难,它又长又单调。斯达尔采夫听着,幻想许多石块从高山上落下来,一个劲儿地往下落,他巴望着那些石块快点停住,别再落了才好。同时,叶卡捷琳娜·伊万诺芙娜紧张地弹着,脸儿绯红,劲头很大,精力饱满,一绺卷发披下来盖在她的额头,很招他喜欢。他在嘉里日跟病人和农民一块儿过了一冬,现在坐在这客厅里,看着这年轻的、文雅的,而且多半很纯洁的人,听着这热闹的、冗长的,可又高雅的乐声,这是多么愉快,多么新奇啊……

"嗯,科契克,你以前从没弹得像今天这么好,"当女儿弹完,站起来的时候,伊万·彼得罗维奇说,眼里含着一泡眼泪,"死吧,丹尼司,你再也写不出更好的东西来了。"①

大家围拢她,向她道贺,表示惊奇,说他们有很久没听到过这么好的音乐了。她默默地听着,微微地笑,周身显出得意的神态。

"妙极了!好极了!"

"好极了!"斯达尔采夫受到大家的热情的感染,说,"您是在哪儿学的音乐?"他问叶卡捷琳娜·伊万诺芙娜,"是在音乐学院吗?"

"不,我刚在准备进音乐学院,眼下我在家里跟扎夫洛芙斯卡娅太太学琴。"

"您在这儿的中学毕业了?"

"哦,没有!"薇拉·约瑟福芙娜替她回答,"我们在家里请了老师。您会同意,在普通中学或者贵族女子中学里念书说不定会受到坏影响。年轻的女孩子正

---

① 这是极高的赞语,似是波乔木金公爵对伟大的俄罗斯剧作家冯维辛说的,那是在一八七二年喜剧《纨绔少年》初次公演以后。

当发育的时候是只应该受到母亲的影响的。"

"可是,我还是要进音乐学院。"叶卡捷琳娜·伊万诺芙娜说。

"不,科契克爱她的妈妈。科契克不会干伤爸爸妈妈心的事。"

"不嘛,我要去！我要去!"叶卡捷琳娜·伊万诺芙娜逗趣地说,耍脾气,还跺了一下脚。

吃晚饭的时候,轮到伊万·彼得罗维奇来显才能了。他眼笑脸不笑地谈趣闻,说俏皮话,提出一些荒谬可笑的问题,自己又解答出来。他始终用一种他独有的奇特语言高谈阔论,那种语言经长期的卖弄俏皮培养成功,明明早已成了他的习惯:什么"伟乎其大"啦,"真不赖"啦,"一百二十万分的感谢您"啦,等等。

可是这还没完。等到客人们酒足饭饱,心满意足,聚集在前厅,拿各人的大衣和手杖,他们身旁就来了个听差帕夫卢沙,或者,按照这家人对他的称呼,就是巴瓦,一个十四岁的男孩,头发剪得短短的,脸蛋儿胖胖的。

"喂,巴瓦,表演一下!"伊万·彼得罗维奇对他说。

巴瓦就拉开架势,向上举起一只手,用悲惨惨的声调说:"苦命的女人,死吧!"

大家就哈哈大笑。

"真有意思。"斯达尔采夫走到街上,想道。

他又走进一个酒店,喝点啤酒,然后动身回家,往嘉里日走去。一路上,他边走边唱:

> 在我听来,你的声音那么亲切,那么懒散……①

走完九俄里路,上了床,他却一丁点倦意也没有,刚好相反,他觉得自己仿佛能够高高兴兴地再走二十俄里似的。

"真不赖……"他想,笑着昏昏睡去。

---

① 这是普希金抒情诗《夜》中的一行,在谱成歌曲时作曲家已略加更动。原句不是这样,而是"在你听来,我的声音那么亲切,那么懒散……"

出 诊 集

二

斯达尔采夫老是打算到图尔金家去玩,不过医院里的工作很繁重,他无论如何也抽不出空闲工夫来。就这样,有一年多的时间在辛劳和孤独中过去了。可是有一天,他接到城里来的一封信,装在淡蓝色信封里……

薇拉·约瑟福芙娜害偏头痛①,可是最近科契克天天吓唬她,说是她要进音乐学院,那病就越发常犯了。全城的医师都给请到图尔金家去过,最后就轮到了地方自治局医师。薇拉·约瑟福芙娜写给他一封动人的信,信上求他来一趟,解除她的痛苦。斯达尔采夫去了,而且从此以后常常,常常上图尔金家去……他果然给薇拉·约瑟福芙娜略微帮了点忙,她已经在对所

---

① 偏头痛是一种神经性的头痛。

有的客人说他是个不同凡响的、医道惊人的医师了。不过,现在他上图尔金家去,却不再是为了医治她的偏头痛了……

那天正逢节日。叶卡捷琳娜·伊万诺芙娜坐在钢琴前弹完了她那冗长乏味的练习曲。随后他们在饭厅里坐了很久,喝茶,伊万·彼得罗维奇讲了个逗笑的故事。后来,门铃响了,伊万·彼得罗维奇得上前厅去迎接客人。趁这一时的杂乱,斯达尔采夫十分激动地低声对叶卡捷琳娜·伊万诺芙娜说:

"我求求您,看在上帝面上,别折磨我,到花园里去吧!"

她耸耸肩头,仿佛觉得莫名其妙,不明白他要拿她怎么样似的。不过她还是站起来,去了。

"您一弹钢琴就要弹上三四个钟头,"他跟在她的后面走着,说,"然后您陪您母亲坐着,简直没法跟您讲话。我求求您,至少给我一刻钟的工夫也好。"

秋天来了,古老的花园里宁静而忧郁,黑色的树叶盖在人行道上。天已经提早黑下来了。

"我有整整一个星期没看见您,"斯达尔采夫接着说,"但愿您知道那是多么苦就好了!请坐。请您听我说。"

在花园里,他们两个人有一个喜欢流连的地方:一棵枝叶繁茂的老枫树底下的一个长凳。这时候他们就在长凳上坐下来。

"您有什么事?"叶卡捷琳娜·伊万诺芙娜用办公事一样的口吻干巴巴地问。

"我有整整一个星期没看见您了,我有这么久没听见您的声音。我想念得好苦,我一心巴望着听听您说话的声音。那您就说吧。"

她那份娇嫩,她那眼睛和脸颊的天真神情,迷住了他。就是在她的装束上,他也看出一种与众不同的妩媚,由于朴素和天真烂漫的风韵而动人。同时,尽管她天真烂漫,在他看来,她却显得很聪明,很开展,超过她目前的年龄了。他能够跟她谈文学,谈艺术,想到什么就跟她谈什么,还能够对她发牢骚,抱怨生活,抱怨人们,不过,在这种严肃的谈话的半中央,有时候她会忽然没来由地笑起来,或者跑回房里去。她跟这城里的差不多所有的女孩子一样,看过很多书(一般说来本城的人是不大看书的,本地图书馆里的人说,要不是因为有这些女孩子和年轻的犹太人,图书馆尽可以关掉)。这使得斯达尔采夫无限的满意,每回见面,他总要兴奋地问她最近几天看了什么书,等到她开口讲起来,他就听着,心里发迷。

"自从我上回跟您分别以后,这个星期您看过什么书?"他现在问,"说一说吧,我求求您了。"

"我一直在看皮谢姆斯基[①]写的书。"

"究竟是什么书呢?"

"《一千个农奴》,"科契克回答,"皮谢姆斯基的名字真可笑,叫什么阿列克谢·菲奥菲拉克特奇!"

---

① 皮谢姆斯基(1821—1881),俄国批判现实主义作家。

出 诊 集

"您这是上哪儿去啊?"斯达尔采夫大吃一惊,因为她忽然站起来,朝房子那边走去,"我得跟您好好谈一谈才行,我有话要说……哪怕再陪我坐上五分钟也行,我央求您了!"

她站住,好像要说句话,后来却忸怩地把一张字条塞在他手里,跑回正房,又坐到钢琴那儿去了。

"请于今晚十一时,"斯达尔采夫念道,"赴墓园,于杰梅季墓碑附近相会。"

"哼,这可一点也不高明,"他暗想,清醒过来,"为什么挑中了墓场?这是什么意思呢?"

这是明明白白的:科契克在开玩笑。说真的,既然城里有大街和本城的公园可以安排做相会的地方,那么谁会正正经经地想起来约人三更半夜跑到离城那么远的墓园去相会?他身为地方自治局医师,又是明情达理的稳重人,却唉声叹气,接下字条,到墓园去徘徊,做出现在连中学生都会觉得可笑的傻事,岂不丢脸?这番恋爱会弄到什么下场呢?万一他的同事听到这种事,会怎么说呢?这些,是斯达尔采夫在俱乐部里那些桌子旁边走来走去,心中暗暗想着的,可是到十点半钟,他却忽然动身上墓园去了。

他已经买了一对马,还雇了一个车夫,名叫潘捷列伊蒙,穿一件丝绒的坎肩。月光照耀着。空中没有一丝风,天气暖和,然而是秋天的那种暖和。城郊屠宰场旁边,有狗在叫。斯达尔采夫叫自己的车子停在城边一条巷子里,自己步行到墓园去。"各人有各人的怪脾气,"他想,"科契克也古怪,谁知道呢?说不定她不是在开玩笑,也许倒真会来呢。"他沉湎于这种微弱空虚的希望,这使得他陶醉了。

他在田野上走了半俄里路。远处,墓园现出了轮廓,漆黑的一长条,跟树林或大花园一样。白石头的围墙显露出来,大门也看得见了……借了月光可以看出大门上的字:"大限临头……"斯达尔采夫从一个小门走进去,头一眼看见的是宽阔的林荫路两边的白十字架、墓碑以及它们和白杨的阴影。四外远远的地方,可以看见一团团黑东西和白东西,沉睡的树木垂下枝子来凑近白石头。仿佛这儿比田野上亮一点似的,枫树的树叶印在林荫路的黄沙土上,印在墓前的石板上,轮廓分明,跟野兽的爪子一样,墓碑上刻的字清清楚楚。初一进来,斯达尔采夫看着这情景惊呆了,这地方,他还是生平第一次来,这以后大概也不会再看见:这是跟人世不一样的另一个天地,月光柔和美妙,就跟躺在摇篮里睡熟了似的,在这个世界里没有生命,无论什么样的生命都没有,不过每棵漆黑的白杨、每个坟堆,都使人感到其中有一种神秘,它应许了一种宁静、美丽、永恒的生活。石板、残花、连同秋叶的清香都在倾吐着宽恕、悲伤、安宁。

　　四周一片肃静。星星从天空俯视这深奥的温顺。斯达尔采夫的脚步声很响,这跟四周的气氛不相称。直到教堂的钟声响起来,而且他想象自己死了,永远埋在这儿了,他这才感到仿佛有人在瞧他。一刹那间他想到这不是什么安宁和恬静,只不过是由空无所有而产生的不出声的愁闷和断了出路的绝望罢了……

杰梅季墓碑的形状像一个小礼拜堂,顶上立着一个天使。从前有一个意大利歌剧团路过这个城,团里有一个女歌手死了,就葬在这儿,造了这墓碑。本城的人谁也不记得她了,可是墓门上边的油灯反映着月光,仿佛着了火似的。

这儿一个人也没有。当然,谁会半夜上这儿来呢?可是斯达尔采夫等着。仿佛月光点燃他的热情似的,他热情地等着,暗自想象亲吻和拥抱的情景。他在墓碑旁边坐了半个钟头,然后在侧面的林荫路上走来走去,手里拿着帽子,等着,想着这些坟堆里不知埋葬了多少妇人和姑娘,她们原先美丽妩媚,满腔热爱,每到深夜便给热情燃烧着,浸沉在温存抚爱里。说真的,大自然母亲多么歹毒地耍弄人!想到这里觉得多么委屈啊!斯达尔采夫这样暗想着,同时打算呐喊一声,说他需要爱情,说他不惜任何代价一定要等着爱情。由他看来,在月光里发白的不再是一方方大理石,却是美丽的肉体。他看见树荫里有些人影怕难为情地躲躲闪闪,感到她们身上的温暖。这种折磨叫人好难受啊……

仿佛一块幕落下来似的,月亮走到云后面去,忽然间四周全黑了。斯达尔采夫好容易才找到门口(这时候天色漆黑,而秋夜总是这么黑的)。后来他又走了一个半钟头光景才找到停车的巷子。

"我累了。我的脚都站不稳了。"他对潘捷列伊蒙说。

他舒舒服服地在马车上坐下,暗想:

"唉,我这身子真不该发胖!"

三

第二天黄昏,他到图尔金家里去求婚。不料时机不凑巧,叶卡捷琳娜·伊万诺芙娜正在自己的房间里由一个理发匠为她理发。她正准备到俱乐部去参加跳舞晚会。

他只好又在饭厅里坐着,喝了很久的茶。伊万·彼得罗维奇看出客人有心事,烦闷,就从坎肩的口袋里掏出一封可笑的信来,那是由管理田庄的一个日耳曼人写来的,说是"在庄园里所有的铁器已经毁灭,粘性自墙上掉下。"①

"他们大概会给一笔丰厚的嫁资。"斯达尔采夫想,心不在焉地听着。

一夜没睡好,他发觉自己老是发呆,仿佛有人给他喝了很多催眠的甜东西似的。他心里昏昏沉沉,可是高兴、热烈,同时脑子里有一块冰冷而沉重的什么东西在争辩:

"趁现在时机不迟,赶快罢手!难道她可以做你的对象吗?她娇生惯养,撒娇使性,天天睡到下午两点钟才起床,你呢,是教堂执事的儿子,地方自治局

---

① 意思是"铁门都坏了,墙上的泥灰剥落了。"

医师……"

"哎,那有什么关系?"他想,"我不在乎。"

"况且,要是你娶了她,"那块东西接着说,"那么她家的人会叫你丢掉地方自治局的工作,住到城里来。"

"哎,那有什么关系?"他想,"要住在城里就住在城里好了。他们会给一笔嫁资,我们可以挺好地成个家……"

最后,叶卡捷琳娜·伊万诺芙娜走进来,穿着参加舞会的袒胸露背的礼服,看上去又漂亮又利落。斯达尔采夫看得满心爱慕,出了神,一句话也说不出来,光是瞧着她傻笑。

她告辞。他呢,现在没有理由再在这儿待下去了,就站起来,说是他也该回家去了,病人在等着他。

"那也没法留您了,"伊万·彼得罗维奇说,"去吧,请您顺便送科契克到俱乐部去。"

外面下起了小雨,天色很黑,他们只有凭着潘捷列伊蒙的嘶哑的咳嗽声才猜得出马车在哪儿。车篷已经支起来了。

"我在地毯上走,你在说假话的时候走……"伊万·彼得罗维奇一面搀他女儿坐上马车,一面说,"他在说假话的时候走……走吧!再见!"

他们坐车走了。

"昨天我到墓园去了,"斯达尔采夫开口说,"您啊,好狠心,好刻薄……"

"您真到墓园去了?"

"对了,我去了,等到差不多两点钟才走。我好苦哟……"

"您既不懂开玩笑,那就活该吃苦。"

叶卡捷琳娜·伊万诺芙娜想到这么巧妙地捉弄了一个爱上她的男子,想到人家这么强烈地爱她,心里很满意,就笑起来,可是忽然惊恐地大叫一声,因为这当儿马车猛的转弯走进俱乐部的大门,车身歪了一下。斯达尔采夫伸出胳膊去搂住叶卡捷琳娜·伊万诺芙娜的腰。她吓慌了,就依偎着他,他呢,情不自禁,热烈地吻她的嘴唇和下巴,把她抱得更紧了。

"别再闹了。"她干巴巴地说。

过了一会儿,她不在马车里了。俱乐部的灯光辉煌的大门附近站着一个警察,用一种难听的口气对潘捷列伊蒙嚷道:

"你停在这儿干什么,你这呆鸟?快把车赶走!"

斯达尔采夫坐车回家去,可是不久就又回来了。他穿一件别人的晚礼服,戴一个白色硬领结,那领结不知怎的老是翘起来,一味要从领口上滑开。午夜时分,他坐在俱乐部的休息室里,迷恋地对叶卡捷琳娜·伊万诺芙娜说:

"噢,凡是从没爱过的人,哪儿会懂得什么叫做爱!依我看来,至今还没有人真实地描写过爱情,那种温柔的、欢乐的、痛苦的感情恐怕根本就没法描写出来;凡是领略过那种感情的人,哪怕只领略过一回,也绝不会打算用语言把它表白出来。不过,何必讲许多开场白,何必渲染呢?何必讲许多好听的废话呢?我的爱是无边无际的……我请求,我恳求您,"斯达尔采夫终于说出口,"做我的妻子吧!"

"德米特里·约内奇,"叶卡捷琳娜·伊万诺芙娜想了一想,现出很严肃的表情说,"德米特里·约内奇,承蒙不弃,我感激得很。我尊敬您,不过……"她站起来,立在那儿接着说,"不过,原谅我,我不能做您的妻子。我们来严肃地谈一谈。德米特里·约内奇,您知道,我爱艺术胜过爱生活里的任什么东西,我爱音乐爱得发疯,我崇拜音乐,我已经把我的一生献给它了。我要做一个艺术家,我要名望,成功,自由。您呢,却要我在这城里住下去,继续过这种空洞无益的生活,这种生活我受不了。做太太,啊,不行,原谅我!人得朝一个崇高光辉的目标奋斗才成,家庭生活会从此缚住我的手脚。德米特里·约内奇,"(她念到他的名字就微微一笑,这个名字使她想起了"阿列克谢·菲奥菲拉克特奇"。)"德米特里·约内奇,您是聪明高尚的好人,您比谁都好……"眼泪涌上她的眼眶,"我满心感激您,不过……不过您得明白……"

她掉转身去,走出休息室,免得自己哭出来。

斯达尔采夫的心停止了不安的悸跳。他走出俱乐部,来到街上,首先扯掉那硬领结,长吁一口气。他有点难为情,他的自尊心受了委屈(他没料到会受到拒绝),他不能相信他的一切梦想、希望、渴念,竟会弄到这么一个荒唐的结局,简直跟业余演出的什么小戏里的结局一样。他为自己的感情难过,为自己的爱情难过,真是难过极了,好像马上就会痛哭一场,或者拿起伞来使劲敲一顿潘捷列伊蒙的宽阔的背脊似的。

接连三天,他什么事也没法做,吃不下,睡不着。可是等到消息传来,说是叶卡捷琳娜·伊万诺芙娜已经到莫斯科去进音乐学院了,他倒定下心来,照以前那样生活下去了。

后来,他有时候回想以前怎样在墓园里漫步,怎样坐着马车跑遍全城找一套晚礼服,他就懒洋洋地伸个

懒腰,说:

"唉,惹出过多少麻烦!"

四

四年过去了。斯达尔采夫在城里的医疗业务已经很繁忙。每天早晨他匆匆忙忙地在嘉里日给病人看病,然后坐车到城里给病人看病。这时候他的马车已经不是由两匹马而是由三匹系着小铃铛的马拉着了。他要到夜深才回家去。他已经发胖,不大愿意走路,因为他害气喘病了。潘捷列伊蒙也发胖。他的腰身越宽,他就越发悲凉地叹气,抱怨自己命苦:赶马车!

斯达尔采夫常到各处人家去走动,会见很多的人,可是跟谁也不接近。城里人那种谈话,那种对生活的看法,甚至那种外表,都惹得他不痛快。经验渐渐教会他:每逢他跟一个城里人打牌或者吃饭,那个人多半还算得上是一个温顺的、好心肠的,甚至并不愚蠢的人,

出　诊　集

可是只要话题不是吃食,比方转到政治或者科学方面来,那人一定会茫然不懂,或者讲出一套愚蠢恶毒的大道理来,弄得他只好摆一摆手,走掉了事。斯达尔采夫哪怕跟思想开通的城里人谈起天来,比方谈到人类,说是谢天谢地,人类总算在进步,往后总有一天可以取消公民证和死刑了,那位城里人就会斜起眼来狐疑地看他,问道:"那么到那时候人就可以在大街上随意杀人?"斯达尔采夫在交际场合中,遇着喝茶或者吃晚饭的时候,说到人必须工作,说到生活缺了劳动就不行,大家就会把那些话当做训斥,生起气来,反复争辩。虽然这样,可是那些城里人还是什么也不干,一点事也不做,对什么都不发生兴趣,因此简直想不出能跟他们谈什么事。斯达尔采夫就避免谈话,只限于吃点东西或者玩"文特"。遇上谁家有喜庆的事请客,他被请去吃饭,他就一声不响地坐着吃,眼睛瞧着自己的碟子。筵席上大家讲的话,全都没意思、不公道、无聊。他觉得气愤,激动,可是一句话也不说。因为他老是保持阴郁的沉默,瞧着菜碟,城里人就给他起了个绰号叫"架子大的波兰人",其实他根本不是波兰人。

像戏剧或者音乐会一类的娱乐,他是全不参加的,不过他天天傍晚一定玩三个钟头的"文特",倒也玩得津津有味。他还有一种娱乐,那是他不知不觉渐渐养成习惯的:每到傍晚,他总要从衣袋里拿出看病赚来的钞票细细地清点,那都是些黄的和绿的票子,有的带香水味,有的带香醋①味,有的带熏香②味,有的带鱼油味,有时候所有的衣袋里都塞得满满的,约莫有七十个卢布,等到凑满好几百,他就拿到互相信用公司去存活期存款。

叶卡捷琳娜·伊万诺芙娜走后,四年中间他只到图尔金家里去过两次,都是经薇拉·约瑟福芙娜请去的,她仍旧在请人医治偏头痛。每年夏天叶卡捷琳娜·伊万诺芙娜回来跟爹娘同住在一块儿,可是他没

---

① 一种化妆品,洗脸时和在脸水里用。
② 一种带香味的树脂,在举行宗教上的礼拜式时烧出烟来。

跟她见过一回面,不知怎的,两回都错过了。

不过现在,四年过去了。一个晴朗温暖的早晨,一封信送到医院里来。薇拉·约瑟福芙娜写信给德米特里·约内奇说,她很惦记他,请他一定去看她,解除她的痛苦,顺便提到今天是她的生日。信后还附着一笔:"我附和我母亲的邀请。"

斯达尔采夫想了一想,傍晚就到图尔金家里去了。

"啊,您老好哇?"伊万·彼得罗维奇迎接他,眼笑脸不笑,"彭茹尔杰。①"

薇拉·约瑟福芙娜老得多了,头发白了许多,跟斯达尔采夫握手,装模作样地叹气,说:

"您不愿意向我献殷勤了,大夫。我们这儿您也不来了。我太老,配不上您了。不过现在有个年轻的来了,也许她运气会好一点也说不定。"

科契克呢?她瘦了,白了,可也更漂亮更苗条了。

---

① 把法语 Bonjour(您好)加上了俄语语法意在取笑。

不过现在她是叶卡捷琳娜·伊万诺芙娜,不是科契克了,她失去旧日的朝气和那种稚气的天真烂漫神情。她的目光和神态有了点新的东西,一种惭愧的、拘谨的味儿,仿佛她在图尔金家里是做客似的。

"过了多少夏天,多少冬天啊!"她说,向斯达尔采夫伸出手。他看得出她兴奋得心跳,她带着好奇心凝神瞧着他的脸,接着说,"您长得好胖!您晒黑了,男人气概更足了,不过大体看来,您还没怎么大变。"

这时候,他也觉得她动人,动人得很,不过她缺了点什么,再不然就是多了点什么,他自己也说不清究竟怎么回事了,可是有一种什么东西作梗,使他生不出从前那种感觉来了。他不喜欢她那种苍白的脸色、新有的神情、淡淡的笑容、说话的声音,过不久就连她的衣服,她坐的那张安乐椅,他也不喜欢了。他回想过去几乎要娶她的时候所发生的一些事,他也不喜欢。他想起四年以前使得他激动的那种热爱、梦想、希望,他觉得不自在了。

他们喝茶,吃甜馅饼。然后薇拉·约瑟福芙娜朗诵一部小说。她念着生活里绝不会有的事,斯达尔采夫听着,瞧着她的美丽的白发,等她念完。

"不会写小说,"他想,"不能算是蠢。写了小说而不藏起来,那才是蠢。"

"真不赖。"伊万·彼得罗维奇说。

然后叶卡捷琳娜·伊万诺芙娜在钢琴那儿弹了很久,声音嘈杂。等到她弹完,大家费了不少工夫向她道谢,称赞她。

"幸好我没娶她。"斯达尔采夫想。

她瞧着他,明明希望他请她到花园里去,可是他却一声不响。

"我们来谈谈心,"她走到他面前说,"您过得怎么样?您在做些什么事?境况怎么样?这些日子我一直在想您,"她神经质地说下去,"我原本想写信给您,原来想亲自上嘉里日去看您。我已经下决心要动身了,可是后来变了卦,上帝才知道现在您对我是什么看法。

我今天多么兴奋地等着您来。看在上帝面上,我们到花园里去走走吧。"

他们走进花园,在那棵老枫树底下的长凳上坐下来,跟四年前一样。天黑了。

"您过得怎么样?"叶卡捷琳娜·伊万诺芙娜问。

"没什么,马马虎虎。"斯达尔采夫回答。

他再也想不出别的话来。他们沉默了。

"我兴奋得很,"叶卡捷琳娜·伊万诺芙娜说,用双手蒙住脸,"不过您也别在意。我回到家来,那么快活。看见每一个人,我那么高兴,我还没有能够习惯。这么多的回忆!我觉得我们说不定会一口气谈到天明呢。"

现在他挨近了看着她的脸、她那放光的眼睛。在这儿,在黑暗里,她比在房间里显得年轻,就连她旧有那种孩子气的神情好像也回到她脸上来了。实在,她也的确带着天真的好奇神气瞧他,仿佛要凑近一点,仔细看一看而且了解一下这个原先那么热烈那么温柔地爱她、却又那么不幸的男子似的。为了那种热爱,她的眼睛在向他道谢。于是他想起以前那些事情,想起最小的细节:他怎样在墓园里走来走去,后来快到早晨怎样筋疲力尽地回到家。他忽然感到悲凉,为往事惆怅了。他的心里开始点起一团火。

"您还记得那天傍晚我怎样送您上俱乐部去吗?"他说,"那时候下着雨,天挺黑……"

他心头的热火不断地烧起来,他要诉说,要抱怨生活……

"唉!"他叹道,"刚才您问我过得怎么样。我们在这儿过的是什么生活哟? 哼,简直算不得生活。我们老了,发胖了,泄气了。白昼和夜晚,一天天地过去,生活悄悄地溜掉,没一点光彩,没一点印象,没一点思想……白天,赚钱,傍晚呢,去俱乐部。那伙人全是牌迷,酒鬼,嗓音嘶哑的家伙,我简直受不了。这生活有什么好呢?"

"可是您有工作,有生活的崇高目标啊。往常您总是那么喜欢谈您的医院。那时候我却是个怪女孩子，自以为是伟大的钢琴家。其实，现在凡是年轻的小姐都弹钢琴，我也跟别人一样地弹，我没有什么与众不同的地方，我那种弹钢琴的本事就如同我母亲写小说的本事一样。当然，我那时候不了解您，不过后来在莫斯科，我却常常想到您。我只想念您一个人。做一个地方自治局医师，帮助受苦的人，为民众服务，那是多么幸福。多么幸福啊！"叶卡捷琳娜·伊万诺芙娜热烈地反复说着，"我在莫斯科想到您的时候，您在我心目中显得那么完美，那么崇高……"

斯达尔采夫想起每天晚上从衣袋里拿出钞票来，津津有味地清点，他心里那团火就熄灭了。

他站起来，要走回正房去。她挽住他的胳膊。

"您是我生平所认识的人当中最好的人，"她接着说，"我们该常常见面，谈谈心，对不对？答应我。我不是什么钢琴家，我已经不夸大我自己。我不会再在您面前弹琴，或者谈音乐了。"

他们回到正房,斯达尔采夫就着傍晚的灯光瞧见她的脸,瞧见她那对凝神细看的、悲哀的、感激的眼睛看着他,他觉得不安起来,又暗自想道:"幸亏那时候我没娶她。"

他告辞。

"按照罗马法,您可没有任何理由不吃晚饭就走,"伊万·彼得罗维奇一面送他出门,一面说,"您这态度完全是垂直线。喂,现在,表演一下吧!"他在前厅对巴瓦说。

巴瓦不再是小孩子,而是留了上髭的青年了。他拉开架势,扬起胳膊,用悲惨惨的声调说:

"苦命的女人,死吧!"

这一切都惹得斯达尔采夫不痛快。他坐上马车,瞧着从前为他所珍爱宝贵的乌黑的房子和花园,一下子想到了那一切情景,薇拉·约瑟福芙娜的小说、科契克的热闹的琴声、伊万·彼得罗维奇的俏皮话、巴瓦的悲剧姿势,他心想:这些全城顶有才能的人尚且这样浅薄无聊,那么这座城还会有什么道理呢?

三天以后,巴瓦送来一封叶卡捷琳娜·伊万诺芙娜写的信。她写道:

> 您不来看我们。为什么?我担心您别是对我们变了心吧。我担心,我一想到这个就害怕。您要叫我安心才好,来吧,告诉我说并没出什么变化。
>
> 我得跟您谈一谈。——您的叶·图。

他看完信,想一想,对巴瓦说:

"伙计,你回去告诉她们,说今天我不能去,我很忙。就说过三天我再去。"

可是三天过去了,一个星期过去了,他始终没有去。有一回他坐着车子凑巧路过图尔金家,想起来他该进去坐一坐才对,可是想了一想……还是没有进去。

从此,他再也没到图尔金家里去过。

出 诊 集

五

又过了好几年。斯达尔采夫长得越发肥胖,满身脂肪,呼吸困难,喘不过气来,走路脑袋往后仰了。每逢他肥肥胖胖、满面红光地坐上铃声叮当、由三匹马拉着的马车出门,同时那个也是肥肥胖胖、满面红光的潘捷列伊蒙挺直长满了肉的后脑壳,坐上车夫座位,两条胳膊向前平伸,仿佛是木头做的一样,而且向过路的行人嚷着:"靠右,右边走!"那真是一幅动人的图画,别人会觉得这坐车的不是人,却是一个异教的神①。在城里,他的生意忙得很,连歇气的工夫也没有。他已经有一个田庄、两所城里的房子,正看中第三所合算的房子。每逢他在互相信用公司里听说有一所房子正在出卖,他就不客气地走进那所房子,走遍各个房间,也不

---

① 指木雕的偶像。

管那些没穿好衣服的妇女和孩子惊愕张皇地瞧着他，用手杖戳遍各处的房门，说：

"这是书房？这是寝室？那么这是什么房间？"

他一面走着说着，一面喘吁吁，擦掉额头上的汗珠。

他有许多事要办，可是仍旧不放弃地方自治局的职务。他贪钱，恨不得这儿那儿都跑到才好。在嘉里日也好，在城里也好，人家已经简单地称呼他"约内奇"："这个约内奇要上哪儿去？"或者，"要不要请约内奇来会诊？"

大概因为他的喉咙那儿叠着好几层肥油吧，他的声调变了，他的语声又细又尖。他的性情也变了，他变得又凶又暴。他给病人看病，总是发脾气。他急躁地用手杖敲地板，用他那种不入耳的声音嚷道：

"请您光是回答我问的话！别说废话！"

他单身一个人。他过着枯燥无味的生活，他对什么事也不发生兴趣。

出诊集

他在嘉里日前后所住的那些年间,只有对科契克的爱情算是他唯一的快活事,恐怕也要算是最后一回的快活事。到傍晚,他总上俱乐部去玩"文特",然后独自坐在一张大桌子旁边,吃晚饭。伊万,服务员当中年纪顶大也顶有规矩的一个,伺候他,给他送去"第十七号拉菲特"酒。俱乐部里每一个人,主任也好,厨师也好,服务员也好,都知道他喜欢什么,不喜欢什么,就想尽方法极力迎合他,要不然,说不定他就会忽然大发脾气,拿起手杖来敲地板。

他吃晚饭的时候,偶尔回转身去,在别人的谈话当中插嘴:

"你们在说什么?啊?说谁?"

遇到邻桌有人提到图尔金家,他就问:

"你们说的是哪个图尔金家?你们是说有个女儿会弹钢琴的那一家吗?"

关于他,可以述说的,都在这儿了。

图尔金家呢?伊万·彼得罗维奇没有变老,一丁点儿都没变,仍旧爱说俏皮话,讲掌故。薇拉·约瑟福芙娜也仍旧兴致勃勃地朗诵她的小说给客人听,念得动人而朴实。科契克呢,天天弹钢琴,一连弹四个钟头。她明显地见老了,常生病,年年秋天跟母亲一块儿上克里米亚去。伊万·彼得罗维奇送她们上车站,车一开,他就擦眼泪,嚷道:

"再会啰!"

他挥动他的手绢。

家　　长

　　这样的事照例是在打牌输了一大笔钱,或者喝多了酒而闹胃炎以后才发生的。斯捷潘·斯捷潘内奇·席林刚刚睡醒,心绪异乎寻常地阴郁。他的模样萎靡不振,无精打采,蓬头散发。他那灰白的脸上现出不满的神情,仿佛跟谁怄了气,或是有什么事惹得他厌恶似的。他慢腾腾地穿衣服,慢腾腾地喝维希矿泉水①,然后开始在各处房间里走来走去。

---

① 维希是法国的疗养地,那儿有可以治疗疾病的矿泉水。

"我倒想知道一下,究竟是哪个畜生在这儿走来走去却不关门?"他气愤地嘟哝着,把身上的家常长袍裹一裹紧,大声吐唾沫。"把这张纸收起来!为什么把它丢在这儿?我们养着二十个仆人,可是家里比小酒店还要乱。是谁在拉门铃?魔鬼把谁支使到我们这儿来了?"

"那是安菲萨老大娘,我们的费佳就是由她接生的。"他妻子回答说。

"老是跑到这儿来闲逛……这些寄生虫!"

"你这话就叫人不懂了,斯捷潘·斯捷潘内奇。她是你自己请来的,可是你又骂她。"

"我没骂人,我是在说话。你,小母亲,与其这么揣着手坐着,找碴儿吵架,不如干点正事好!我凭人格发誓,我不懂这些女人!我就是不懂!她们怎么能成天价什么事也不干,光是混日子?丈夫工作,辛苦得像头牛,像头牲口,可是妻子,生活的伴侣,却坐在那儿像个洋娃娃似的,什么事也不干,专等机会跟丈夫吵架来消愁解闷。现在,小母亲,也该丢开贵族女子中学女学生的习气了!你现在已经不是女学生,不是娇小姐,而是母亲,是妻子!你扭过脸去了?啊哈!沉痛的真理听着不自在吧?"

"奇怪,你只有在你肝脏出了毛病的时候才说出沉痛的真理。"

"对,你大吵大闹吧,大吵大闹吧。……"

"你昨天出城去了?或者你是在谁家里打牌?"

"就算这样,那又怎么样?谁管得着?莫非我得向什么人报告吗?莫非我输的不是我自己的钱?我花的钱和这个家里花的钱,统统是我的!听见了吗?统统是我的!"

他唠叨个没完,老是那么一套。然而斯捷潘·斯捷潘内奇在别的时候总不及在吃饭,全家人都在他身旁坐下的时候那么严肃认真,满嘴道德,疾言厉色,主张公道。事情照例从菜汤开始。席林喝完头一匙汤,忽然皱起眉头,停住嘴不喝了。

"鬼才知道这是什么东西……"他嘟哝说,"大概,只好到饭馆里去吃饭了。"

"怎么了?"他妻子不安地问,"难道菜汤不好喝吗?"

"喝这种洗锅水非得有猪的胃口不可!这汤太咸,而且有抹布的气味……葱没有放,倒像放了些臭虫。……简直岂有此理,安菲萨·伊凡诺芙娜!"他转过脸去对做客的老大娘说,"我为了伙食天天拿出数不尽的钱……自己什么东西也舍不得买,可是到头来,就拿这种东西给你吃!他们大概是要我辞掉职务,自己到厨房里去做菜吧。"

"今天的菜汤挺好……"家庭女教师胆怯地说。

"是吗?您认为这样?"席林说,气愤地眯细眼睛瞧着她,"不过呢,各人有各人的口味。一般说来,必须承认,我和您在口味方面大不相同,瓦尔瓦拉·瓦西里耶芙娜。比方说,您对这个顽皮的孩子的品行满意,"席林用演悲剧的手势指着他的儿子费佳说,"您见着他就喜欢,可是我……我瞧见他就有气。真的,小姐!"

费佳是个七岁的男孩,脸色苍白,带着病容,这时候停住嘴不再吃东西,低下眼睛。他的脸色越发苍白了。

"是的,您喜欢,可是我有气。……我们俩是谁对,这我不知道,可是我敢说,我做父亲的比您更了解我的儿子。您看看他那个坐相!难道有教养的孩子能这样坐着?坐好!"

费佳抬起下巴,伸直脖子,自以为坐得端正多了。他的眼睛上蒙着一层泪光。

"吃饭!好好拿着汤匙!你等一下,我要收拾你,坏孩子!不准你哭!抬起眼睛瞧着我!"

费佳极力抬起眼睛看父亲,可是他的脸发抖,眼睛里满是泪水。

"啊啊。……你哭?你错了还要哭?走开,站到墙角里去,畜生!"

"不过……先让他把饭吃完吧!"他妻子说情道。

"不准他吃饭!这样恶劣……这样淘气的孩子没有权利吃饭!"

费佳愁眉苦脸,浑身发抖,从椅子上下来,往墙角走去。

"这样的惩罚对你还是轻的!"他父亲继续说,"如果谁都不愿意管教你,那我就来从头管起。……孩子,有我在,你吃饭的时候就不准淘气,不准哭哭啼啼!蠢货!你得干正事!明白吗?干正事!你父亲工作,你也得工作!谁都不应该白吃面包!你得做个堂堂正正的人!做个堂堂正正的人!"

"看在上帝面上,你别闹了!"他妻子用法国话要求道,"至少当着外人的面不要骂我们。……这个老太婆全都听到,经她一张扬,全城的人马上都知道了。……"

"我不怕外人,"席林用俄国话回答说,"安菲萨·伊凡诺芙娜看得出我说的话有道理。怎么,照你看来,我应当对这个顽皮的孩子满意吗？你知道我为他破费了多少钱？你这坏孩子，你知道我为你破费了多少钱吗？莫非你以为我会造钱，我的钱都是白来的？不准你嗥！闭嘴！你到底听不听我的话？你要我拿鞭子把你这个坏蛋抽一顿吗？"

费佳尖声大叫，开始痛哭。

"这简直叫人受不了！"他母亲说，丢下餐巾，从桌旁站起来，"他从来也不让我们太太平平吃一顿饭！你的面包哽在我这儿，弄得我咽不下去！"

她指指喉咙，用手绢蒙住眼睛，从饭厅里走出去。

"她老人家生气了……"席林嘟哝说，勉强微笑着，"她娇养了。……是啊，安菲萨·伊凡诺芙娜，如今谁也不喜欢听真话。……我倒反而不对了！"

在沉默中过了几分钟。席林看一下大家的汤盘，发现谁都没有碰过菜汤，就深深地叹气，定睛瞧着家庭女教师那涨得绯红、充满不安的脸。

"您怎么不吃，瓦尔瓦拉·瓦西里耶芙娜？"他问，

"那么您生气了？是啊。……您不喜欢听真话。嗯，请您原谅，小姐，我天性就是这样，不会做假。……我素来是实话实说，"他说，叹口气，"不过，我看得出来，有我在座，别人就不愉快。我在这儿，别人就不能说话，不能吃东西。……嗯。……你们应该告诉我，那我早就走了。……现在我就走。"

席林站起来，尊严地往门口走去。他走过哭泣的费佳身旁，站住。

"既然事情闹到这个地步，那您自由了！"他对费佳说，尊严地把头往后一仰，"从今以后我再也不过问您的管教问题。我撒手不管了！我请求您原谅，我做父亲的本来诚心诚意巴望您好，不料惹得您和您的管教人心神不安。从今以后，我就不再为您的命运负责了。……"

费佳尖声叫着，哭得越发响了。席林尊严地扭转身，往门口走去，回到自己的卧室里。

饭后席林睡了一觉，醒过来后，开始感到良心负疚。他不好意思去见妻子、儿子、安菲萨·伊凡诺芙娜,甚至一想起吃饭时候发生过的事就感到可怕得受不了,可是他的自尊心太强,没有足够的勇气开诚相见,于是他继续拉长脸,嘴里不住唠叨。……

第二天早晨醒来,他感到心绪极好,一面洗脸,一面快活地吹口哨。他走进饭厅去喝咖啡,在那儿遇上了费佳。费佳见到他父亲,就站起来,张皇失措地瞧着他。

"嗯,怎么样,年轻人?"席林挨着桌子坐下,快活地问道,"您有什么新闻吗,年轻人?过得挺好吗?好,你过来,小胖子,吻一下你父亲。"

费佳带着苍白而严肃的面容走到父亲跟前,用发抖的嘴唇碰了碰他的面颊,然后走开,沉默地在他原来的位子上坐下。

沃 洛 嘉

夏天,一个星期日下午,五点钟光景,沃洛嘉,这个相貌难看、胆怯怕事、带着病态的十七岁青年,坐在舒米兴家别墅的凉亭里,心绪烦闷。他那些闷闷不乐的思想往三个方向流去。第一,明天,星期一,他得去参加数学考试。他知道,如果明天他笔试不及格,他就要被开除,因为他在六年级已经读了两年,他的代数的全年成绩是二又四分之三分。第二,他目前在舒米兴家里做客,他们是有钱人,以贵族自居,这就经常伤害他的自尊心。他觉得舒米兴太太和她的侄女把他和他的妈妈①看作穷亲戚和食客,她们不尊敬妈妈,讪笑她。有一回他无意中听到舒米兴太太在露台上对她的表妹安娜·费多罗芙娜说,他的妈妈依旧装扮得像年轻人那样,极力想显得漂亮,又说她输了钱就赖账,总是喜欢穿别人的鞋,吸别人的烟。沃洛嘉天天央告他的妈妈不要到舒米兴家来,告诉她,她在那些贵人当中扮着多么丢脸的角色。他劝她,顶撞她,然而她是个性情轻浮、贪图享受的人,已经花光两份财产,她自己的一份和她丈夫的一份,素来热衷于上流社会的生活,因而不理解他的意思。沃洛嘉每星期总有两次不得不把她送到这个可恨的别墅来。

第三,这个青年一分钟也没法摆脱一种奇特的、不愉快的心情,这种心情在他却是全新的。……他觉得他爱上了舒米兴太太的客人,也就是她的表妹安娜·费多罗芙娜。她是个活泼好动、嗓门挺大、喜欢发笑的

---

① 原文为法语。

女人,年纪三十上下,身体健康结实,脸色红润,圆圆的肩膀,圆圆的胖下巴,薄嘴唇上经常带着笑意。她不好看,也不年轻,这是沃洛嘉知道得很清楚的,然而不知什么缘故,他却没法不想她,每逢她打槌球,耸动圆肩膀,扭动平整的后背,或者每逢大笑很久,或者跑上楼梯后,往圈椅上一坐,眯细眼睛,呼呼地喘气,做出胸口发紧、透不过气来的样子,他总是情不自禁地瞧着她。她结过婚了。她丈夫是个举止稳重的建筑师,每星期到别墅来一次,睡个好觉,再回城里。沃洛嘉那种奇特的心情是这样开始的:他无缘无故憎恨这个建筑师,每逢这人回城里去,他心里就痛快了。

现在他坐在凉亭里,想着明天的考试,想着他那被人讪笑的妈妈,就生出强烈的愿望,想见到纽达(舒米兴太太就是这样称呼安娜·费多罗芙娜的),想听到她的笑声和她衣服的窸窣声。……这个愿望不像他在小说上读到而且每天傍晚上床睡觉后常常幻想的那种纯洁而富于诗意的爱情。它奇怪,没法理解,他为它害臊,怕它,仿佛那是一种很不好、很不纯洁的东西,连自己也不好意思对自己承认似的。……

"这不是爱情,"他对自己说,"人是不会爱上三十岁的有夫之妇的。……这不过是对女人一时的迷恋。……对了,是一时的迷恋。"

他想到这种迷恋,就记起他那种无法克制的羞怯,记起他还没有生出唇髭,记起他生着雀斑和小眼睛。他在幻想中把自己和纽达并排放在一起,觉得彼此简直配搭不上。于是他赶紧想象自己是个漂亮、大胆而且很风趣的男子,穿着最新式的衣服。……

他坐在凉亭的幽暗角落里,弯下腰,眼睛看着地,正当他的幻想达到高潮的时候,突然传来一阵轻微的脚步声。有人顺着林荫道不慌不忙地走来。不久,脚步声停住,门口闪出一个白乎乎的东西。

"这儿有人吗?"一个女人的声音问道。

沃洛嘉听出这个嗓音是谁,惊恐地抬起头来。

"谁在这儿?"纽达问,走进凉亭里来,"啊,是您,

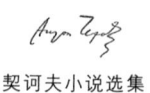

沃洛嘉？您在这儿干什么？您在想心事？可是怎么能老是这么想啊想的，想个没完？……这会弄得人发疯的！"

沃洛嘉站起来，茫然瞧着纽达。她刚从浴棚里回来。她的肩膀上搭着一条被单和一条毛茸茸的毛巾，几绺湿头发从白绸头巾里露出来，沾在额头上。她身上散发着浴棚里湿润清凉的气味和杏仁香皂的味道。她走路很快，此刻喘息未定。她罩衫的上面一个纽扣没有扣上，因此这个青年既看见了她的脖子，又看见了她的胸脯。

"您为什么不说话呀？"纽达问道，打量着沃洛嘉，"女人跟您讲话，您不开口是不礼貌的。不过您也真是一副呆相，沃洛嘉！您老是坐着，不讲话，思考着，像是个哲学家。您身上完全没有生气，没有火！您惹人讨厌，真的。……在您这种年纪，正应该生活，欢蹦乱跳，高谈阔论，追求女人，谈谈恋爱呀。"

沃洛嘉瞧着那条由胖胖的白手抓住的被单，思索着。……

"他不说话!"纽达惊奇地说,"这简直奇怪了。……听着,拿出男子汉的气概来!哎,您至少可以笑一下嘛。呸,讨厌的哲学家!"她笑着说,"您知道,沃洛嘉,您为什么这样一副呆相?就因为您不亲近女人。为什么您不亲近女人呢?不错,这儿没有小姐,可是要知道,谁也没有妨碍您亲近太太们呀!为什么,比方说,您就不跟我亲近亲近呢?"

沃洛嘉听着,在沉闷而紧张的深思中搔着鬓角。

"只有十分骄傲的人才沉默,才喜欢孤独。"纽达接着说,把他的手从鬓角那儿拉下来,"您是个骄傲的人,沃洛嘉。为什么您用那种阴沉的样子看人?您管自照直瞧我的脸好了!唉,呆头呆脑的海豹哟!"

沃洛嘉决定开口说话了。他想笑一笑,就撇了撇下嘴唇,眨巴眼睛,又把手伸到鬓角那儿去。

"我……我爱您!"他说。

纽达惊奇地扬起眉毛,笑起来。

"我听见了一句什么话呀?!"她像唱歌似的说,就跟歌剧里的女演员听到一句惊人的话而唱起来一样,"怎么？您说什么？您再说一遍,再说一遍。……"

"我……我爱您!"沃洛嘉又说一遍。

于是他不由自主,什么也不明白,什么也没想,往纽达跟前跨出半步,一把抓住她手腕上面一点的地方。他眼睛模糊,蒙着泪水,整个世界化成了一大块毛茸茸的、有浴棚气味的毛巾。

"了不得,了不得!"他听见快活的笑声,"可是您为什么不说话呀？我要您说话! 怎么样？"

沃洛嘉看见她没有阻止他抓住她的胳膊,就瞧着纽达的笑脸,伸出两条胳膊笨拙而生硬地搂住她的腰,于是他的两只手就在她背后连在一起了。他用两条胳膊搂住她的腰,她却把她的两只手放到脑后,露出臂肘上的两个小窝,理一理头巾底下的头发,用平静的声调说：

"沃洛嘉,人得机灵,殷勤,可亲才行,只有在女性的影响下,才能变成那样,可是您这张脸多么不中看……多么凶狠啊。你得说话,笑一笑才对。……是啊,沃洛嘉,别做孤僻的人,您年轻,往后有的是工夫研究哲学。好,放开我,我要走了!放开我吧!"

她毫不费力地让她的腰挣脱他的搂抱,嘴里哼着什么歌,走出凉亭去了。这儿只剩下沃洛嘉一个人了。他摸一下头发,微微一笑,从这个墙角到那个墙角来回走了三趟,然后在长凳上坐下,又微微一笑。他羞得不得了,不由得暗暗吃惊:人的羞臊竟能达到这样强烈,这样果断的程度。羞得他微笑,做手势,小声说着不连贯的话。

他想到刚才给人家当小孩子一样看待,想到自己那么胆怯,就不由得害羞。不过最使他害羞的却是他竟然大胆地搂住一个正派的有夫之妇的腰,其实,他觉得,不论按他的年龄、仪表,还是社会地位来说,他都没有任何权利那样做。

他跳起来,走出凉亭,头也不回,一直往花园深处,离房子很远的地方走去。

"唉,快点离开此地才好!"他抱住头,暗想,"上帝啊,快点才好!"

沃洛嘉原定跟他的妈妈一同搭八点四十分钟那班火车动身。现在距离开车还有三个钟头光景,可是他恨不能马上就到火车站去,不等他的妈妈了。

七点多钟他走回正房。他周身显出果断的神情:要出什么事就让它去出吧!他决定大胆走进房间,正眼看人,大声说话,什么也不顾忌。

他穿过露台、大厅,在客厅里站住,喘口气。在这儿,他可以听见隔壁的饭厅里人们在喝茶。舒米兴太太、他的妈妈、纽达在谈一件什么事,笑个不停。

沃洛嘉听着。

"我跟你们说的是实话!"纽达说,"我都不相信我自己的眼睛了!他对我讲他的爱情,甚至,你们猜怎么着,一下子把我的腰搂住,我简直认不得他了。你们要知道,他有他的派头! 他说他爱我的时候,他脸上有一股蛮气,像切尔克斯人①一样。"

"真的吗?"他的妈妈惊叫道,随后咯咯地笑个不停,"真的吗? 他多么像他的父亲啊!"

沃洛嘉就往回跑,一直跑到露天底下。

"她们怎么能大声谈这种事呢!"他痛苦地想,把两只手合在一起,恐怖地瞧着天空,"她们公然说出口,而且说得那么满不在乎……妈妈还笑呢……妈妈!我的上帝,你为什么赐给我这样一个母亲? 为什么呀?"

可是他无论如何还是得走进正房去。他在林荫道上来回走了三趟,略略定一下心,就走进正房。

"为什么您到时候不来喝茶?"舒米兴太太厉声问道。

"对不起,我……我该上火车了,"他喃喃地说,没有抬起眼睛来,"妈妈,已经八点钟了!"

---

① 高加索北部一个山区民族。

"你自己回去吧,我亲爱的,"他的妈妈懒洋洋地说,"我留在丽丽家里过夜了。再见,我的孩子。……让我给你画个十字。……"

她在儿子胸前画了个十字,然后转过身去用法国话对纽达说:

"他长得有点像莱蒙托夫呢。……不是吗?"

沃洛嘉好歹告了别,没有朝任何人的脸看一眼,就走出饭厅去了。过了十分钟,他已经顺着大路往火车站走去,心里暗暗高兴。现在他不再觉得害怕,觉得害羞,呼吸轻松而畅快了。

走到离火车站还有半俄里远的地方,他在路旁一块石头上坐下,定睛看着太阳,它有一大半已经隐到铁道路基后面去了。火车站上有几处已经点起灯火,有一盏昏暗的绿灯闪着亮光,可是还看不见火车。沃洛嘉坐在这儿,一动也不动,静听傍晚渐渐来临,觉得很愉快。凉亭里的昏暗、脚步声、浴棚的气味、笑声、腰,都在他想象中极其生动地出现,这些东西不再像先前那样可怕和重要了。……

"这种事无所谓。……她没有缩回手去,而且我搂住她的腰的时候,她笑了,"他想,"可见她是喜欢这样做的。如果她觉得厌恶,她就会生气了。……"

现在沃洛嘉才感到烦恼,因为当时在凉亭里他勇气不够。他后悔不该这么愚蠢地走掉,他已经相信假使这件事重演,他对待这件事就会比较大胆,比较简单了。

而且这种事也不难重演。在舒米兴家里,人们吃过晚饭以后总要出去散步很久。假如沃洛嘉跟纽达一块儿在幽暗的林荫道上散步,那么机会就来了!

"我回去吧,"他想,"我明天坐早班火车走好了。……我就说我误了火车。"

他就回去了。……舒米兴太太、他的妈妈、纽达、一个侄女正坐在露台上打纸牌。沃洛嘉对她们撒谎说误了火车,她们感到不安,担心他明天误了考试,都劝他早点起床。她们打纸牌的时候,他一直坐在旁边,眼巴巴地看着纽达,等着。……他脑子里已经拟定一个计划:他在昏暗里走到纽达跟前,拉住她的手,然后搂抱她。什么话都不用说,因为他们双方不必说话就能会意了。

可是晚饭以后,那些女人没有到花园里去散步,却继续打纸牌。她们一直打到深夜一点钟才散,各自去睡觉。

"这是多么荒唐呀!"沃洛嘉上床睡觉的时候烦恼地想,"可是没有关系,我等到明天就是。……明天再到凉亭里去。没关系。……"

他不打算睡觉,却坐在床上,两手抱着膝头,思索着。他一想到考试就觉得讨厌。他已经断定他会被开除,不过开除也没什么可怕的。刚好相反,那倒很好,甚至好得很呢。明天他就会像鸟儿一样自由,穿上平常人的衣服[①],公开吸烟,常到此地来,随便什么时候

---

① 指不必穿学生的制服。

都可以追求纽达了。他不再是中学生,而是"年轻人"了。至于其他方面,所谓事业啊,前途啊,那也很清楚:沃洛嘉可以去当志愿兵,可以去做电报员,还可以进药房工作,日后升到药剂师的地位……职业还嫌少吗?一两个钟头过去了,他却仍旧坐在那儿思索。……

两点多钟,天已经亮起来,房门却小心地吱呀一响,他的妈妈走进房间来。

"你没有睡吗?"她问,打个哈欠,"睡吧,睡吧,我来一下就走。……我是来拿药水的。……"

"您要药水做什么?"

"可怜的丽丽又抽筋啦。睡吧,我的孩子,明天你还要去考试呢。……"

她从一个小柜子里取出一个装着药水的小瓶子,走到窗子跟前,看一下瓶子上贴的条子,走出去了。

"玛丽雅·列昂捷耶芙娜,这药水不对!"过了一分钟,沃洛嘉听见一个女人的声音说,"这是铃兰香水,可是丽丽要的是吗啡。您的儿子睡了吗?请他找一找吧。……"

这是纽达的声音。沃洛嘉心里一凉。他赶紧穿好长裤,披上制服大衣,走到房门跟前。

"您听明白吗?吗啡!"纽达小声解释说,"那上面应该写着拉丁字。您叫醒沃洛嘉,他会找到的。……"

妈妈推开房门,沃洛嘉看见纽达了。她身上穿的就是她原先到浴棚去所穿的那件罩衫。她的头发没有理好,披散在肩膀上,她的脸带着睡意,由于天色昏暗而发黑。……

"瞧,沃洛嘉没有睡着……"她说,"沃洛嘉,您找一找看,亲爱的,柜子里有一瓶吗啡!这个丽丽真是磨人。……她老是闹病。"

他的妈妈嘟哝了一句什么话,打个哈欠,走出去了。

"您倒是找啊,"纽达说,"干吗呆站着?"

沃洛嘉就走到小柜子那儿去,跪下,开始一个个查看那些药瓶和药盒。他两只手发抖,胸口和肚子里有这么一种感觉,仿佛有一股寒流在内脏里乱窜似的。他没有必要地拿出一瓶瓶酒精、石碳酸、各种草药,可是他的手发抖,瓶子里的药水就洒出来,这些药水的气味弄得他透不出气,脑袋发晕。

"妈妈好像走了,"他想,"这才好……这才好。……"

"就要找着了吗?"纽达拖长声音问道。

"快找到了。……喏,这一瓶好像是吗啡……"沃洛嘉看到瓶子上注明"吗……"就说,"这就是!"

纽达站在门口,一只脚在过道上,另一只脚在房间里。她在理头发,那却是很难理顺的,她的头发那么密,那么长!她心不在焉地瞧着沃洛嘉。天空已经现出鱼白色的曙光,然而还没有被太阳照亮,纽达笼罩在照进房间里来的这种微光里,穿着肥大的罩衫,带着睡意,披散着头发,在沃洛嘉看来,她是那么迷人,那么艳丽。……他神魂颠倒,周身发抖,想起先前他在凉亭里

搂抱过这个美妙的肉体,心里不由得飘飘然,就把药水递给她,说:

"您多么……"

"什么?"

她走进房间来。

"什么?"她含笑问道。

他沉默了,看着她,然后,如同先前在凉亭里那样抓住她的手。……她瞧着他,微笑着,看他接着会怎么样。

"我爱您……"他小声说。

她不再微笑,沉吟一下,说:

"等一等,好像有人来了。哎,你们这些中学生啊!"她小声说着,走到门口,朝过道里瞧了瞧,"哦,没有人。……"

她回来了。

这时候,沃洛嘉觉得这个房间、纽达、曙光、他自己,仿佛融合成一种浓烈的、不同平常的、从来没有过的幸福感觉,人为了这种幸福是甘愿牺牲生命,忍受永久的磨难的。可是过了半分钟,这一切突然消失了。沃洛嘉只看见那张难看的胖脸给嫌恶的神情弄成一副丑相,他自己也忽然对眼前发生的事感到憎恶了。

"不过我得走了,"纽达说,厌恶地瞧着沃洛嘉,"您多么难看,多么寒碜啊……呔,丑小鸭!"

这当儿,沃洛嘉觉得她的长头发、她的肥罩衫、她的脚步、她的嗓音多么不成体统!……

"丑小鸭……"他等她走后暗自想道,"真的,我丑。……一切都丑。"

户外,太阳已经升上来,鸟雀大声歌唱。可以听见花匠在花园里走动,他的手车吱吱嘎嘎地响。……过了一会儿,传来牛叫声和牧笛的吹奏声。阳光和声音都在述说这个世界上有个地方存在着纯洁优美而富于诗意的生活。可是那种生活在哪儿呢?他的妈妈也好,他四周所有的人也好,都从来也没有对他讲起过那种生活。

等到听差来唤醒他,要他去乘早班火车,他却假装睡熟了。……

"去他的,我什么都不去管了!"他想。

他到十点多钟才起床。他照着镜子梳头发,瞧着他那张难看的、由于彻夜失眠而苍白的脸,暗自想道:

"完全对。……丑小鸭。"

妈妈看到沃洛嘉,见他没有去参加考试,吃了一惊,他却说:

"我睡过头了,妈妈。……不过您不必担心,我会弄到一份医师证明交上去的。"

舒米兴太太和纽达睡到十二点多钟才醒来。沃洛嘉听见舒米兴太太砰的一响推开房间里的窗子,听见纽达用响亮的笑声回答她粗嘎的说话声。他看见房门开了,一长串侄女和食客(他的妈妈也在食客的行列中)从客厅里走来吃早饭,看见纽达刚洗过的、笑嘻嘻的脸开始闪现,看见她的脸旁边出现了刚从城里来的建筑师的黑眉毛和黑胡子。

出　诊　集

纽达穿着小俄罗斯式的服装,这身衣服跟她完全不相称,使她显得呆板了。建筑师说些庸俗乏味的笑话。早饭的肉饼里放了过多的葱,至少沃洛嘉觉得是这样。他还觉得纽达故意大声发笑,往他这边看,要他明白昨晚的事一点也没使她不安,她根本没理会到桌子旁边坐着一只丑小鸭。

下午三点多钟,沃洛嘉跟他的妈妈一块儿坐车到火车站去。丑恶的回忆、失眠的夜晚、开除出校的前景、良心的责备,如今在他心里引起一种沉重阴郁的愤懑。他瞧着妈妈消瘦的侧影,瞧着她的小鼻子,瞧着纽达送给她的雨衣,嘟哝说:

"为什么您擦胭脂抹粉？在您这种年纪,这不相宜了！您极力打扮得漂亮,输了钱不认账,吸别人的烟……这真叫人厌恶！我不爱您……不爱您！"

他辱骂她,她呢,惊慌地转动她的小眼睛,把两只手一拍,害怕地小声说:

"你说什么呀,我的孩子？我的上帝,这会让马车夫听了去的!快闭上嘴,不然马车夫就听见了!他全听得见!"

"我不爱您……不爱您!"他接着说,不住地喘息,"您不顾廉耻,您没有灵魂。……不准您穿这件雨衣!听见没有?要不然我就把它撕得粉碎。……"

"清醒一下吧,我的孩子!"妈妈哭着说,"马车夫会听见的!"

"我父亲的财产到哪儿去了?您的钱到哪儿去了?您全花光了!我倒不为贫穷害羞,可是有这样的母亲,我却感到害羞。……每逢我的同学问起您,我总是脸红。"

在火车上,他们要坐两站才到家。沃洛嘉始终站在车厢外面的平台上,周身发抖。他不愿意走进车厢去,因为车厢里坐着他痛恨的母亲。他憎恨自己,憎恨乘务员,憎恨火车头冒出的烟,憎恨寒冷,他认为他的颤抖就是由这种寒冷引起的。……他心里越是沉重,他就越是强烈地感到,在这个世界上,有个什么地方,人们过着纯洁、高尚、温暖、优美的生活,那种生活里充满爱情、温暖、欢乐、自由。……他这样感觉着,十分苦闷,甚至惹得一个乘客定睛瞧着他的脸,问道:

"大概您牙痛吧?"

在城里,妈妈和沃洛嘉住在贵夫人玛丽雅·彼得罗芙娜家里,那位夫人租下一所大房子,再把房间分租给房客们。妈妈租了两个房间,一个房间有几扇窗子,房里放着她的床,墙上挂着两个金边镜框,里面嵌着画片,这个房间由她自己住,另一个房间紧挨着这个房间,又小又黑,由沃洛嘉住。小房间里放着一张长沙发,他就睡在那上面,除此以外就没有任何家具了。整个房间摆满装衣服的柳条筐、帽盒以及妈妈不知为什么保存下来的种种废物。沃洛嘉温课是在母亲房间里或者"公用房间"里,所谓"公用房间"是一个大房间,所有的房客在那儿吃午饭,傍晚也都在那儿聚会。

他回到家,就往长沙发上一躺,盖上被子,想止住他的颤抖。那些帽盒、柳条筐、废物使他想起他没有一个自己的房间,没有一个避难所可以借此躲开妈妈和她的客人,躲开如今从"公用房间"里传来的说话声。那些丢在墙角上的书包和书使他想起他没有参加考试。……不知什么缘故,他没来由地想起芒通①,以前,他七岁的时候,跟已故的父亲在那儿住过,他还想起比亚里茨②,想起跟他一块儿在沙滩上奔跑过的两个英国女孩。……他竭力回想天空和海洋的颜色,回想海浪的澎湃,回想他当时的心境,可是他怎么也想不起来。英国女孩在他的想象里不住地闪动,像活的一样,可是其余的印象却混成一团,胡乱地飘动着。……

"不,这儿冷。"沃洛嘉想着,从沙发上起来,穿上制服大衣,走到"公用房间"去了。

人们正在"公用房间"里喝茶。茶炊旁边坐着三个人:他的妈妈,一个年老的音乐女教师,戴着玳瑁架

---

① 法国东南的一个城市,靠近地中海,是一个著名的疗养地。
② 法国西南的一个城市,也是疗养地。

的夹鼻眼镜①,还有个上了年纪而且很胖的法国人阿甫古斯青·米海雷奇,他在一家化妆品工厂里工作。

"我今天没吃午饭,"他的妈妈说,"我得打发女仆去买面包。"

"杜尼雅希!"法国人叫了一声。

不料女仆已经由女房东不知差遣到哪儿去了。

"哦,这也没关系,"法国人说,畅快地微笑着,"我自己马上去买面包就是。哦,这没什么!"

他就把他那支辛辣发臭的雪茄烟放在一个显眼的地方,戴上帽子,走出去了。他走后,他的妈妈就开始对音乐女教师讲她怎样在舒米兴家里做客,人家待她多么好。

"要知道,丽丽·舒米兴娜是我的亲戚……"她说,"她故去的丈夫舒米兴将军是我丈夫的表哥。她出嫁前是柯尔勃男爵家的小姐……"

---

① 原文为法语。

"妈妈,您在胡说!"沃洛嘉生气地说,"您何必说谎呢?"

他知道得很清楚,妈妈说的是实话。她所讲的关于舒米兴将军和将军夫人原是柯尔勃男爵小姐的话,没有一句是谎言,可是他仍旧觉得她在说谎。她说话的口气也好,脸上的神情也好,她的眼光也好,总之,一切都显得她在撒谎。

"您在说谎!"沃洛嘉又说一遍,伸出拳头捶一下桌子,用力那么猛,弄得所有的茶具都颤动起来,连妈妈的茶也泼翻了,"为什么您讲那些将军和男爵?那都是谎话!"

音乐女教师慌了手脚,用手绢捂住嘴咳嗽起来,假装她喝茶呛着了,妈妈却哭了起来。

"我该到哪儿去好呢?"沃洛嘉暗想。

街上他已经去过,同学家里却不好意思去。他又没来由地想起那两个英国女孩。……他在"公用房间"里从这个墙角走到那个墙角,然后走进阿甫古斯青·米海雷奇的房间。这儿有香精油和甘油肥皂的强烈气味。桌子上,窗台上,以至椅子上,都放着许多小瓶、玻璃杯、酒杯,里面盛着各种颜色的液体。沃洛嘉在桌上拿起一份报纸,翻开来,看一眼报名:《费加罗报》①。……这张报纸发散着一股浓烈而好闻的气味。随后他从桌子上拿起一把手枪。……

"算了,您别放在心上!"隔壁房间里音乐女教师在安慰他的妈妈,"他还那么年轻!年轻人在他那种年纪,头脑里总难免有些多余的想法。对这种事也只好想开一点。"

"不,叶甫根尼雅·安德烈耶芙娜,他给惯坏了!"妈妈像唱歌似的说,"没有人管教他,我呢,又软弱,没有办法。哎,我真不幸啊!"

沃洛嘉把枪口放进嘴里,摸到一个像扳机或者勾机之类的东西,用手指按一下。……然后他又摸到一

---

① 原文为法语,一种法国报纸。

个凸出的东西,就再按一下。他把枪口从嘴里取出来,用制服大衣的下摆把它擦干净,看一下枪机。他生平从来没有拿过武器。……

"好像得把它扳起来才成……"他想,"对,大概是这样。……"

阿甫古斯青·米海雷奇走进"公用房间",笑着讲一件什么事。沃洛嘉又把枪口放进嘴里,用牙齿咬住,再用手指在一个东西上按了一下。枪声响起来。……不知什么东西带着可怕的力量在沃洛嘉的后脑壳上打了一下,他就扑在桌子上,脸埋在那些小瓶和酒杯中间。然后他看见他那去世的父亲头戴大礼帽,礼帽上缠着一条很宽的黑丝带,大概是为了悼念一位什么太太,在芒通的人行道上走着,他父亲忽然用两只手抱住他,他俩就飞进一个很黑的深渊里去了。

然后一切都混淆起来,消散了。……

丈　夫

某骑兵团在军事演习期间来到某小县城里停下来过夜。像军官先生们光临过夜这样的大事,素来使得本城的居民们极其激动,精神为之一振。商店老板们巴望着出清存放过久而发黑的腊肠和在货架上已经陈列十年之久的"最上等"沙丁鱼。饭铺老板和其他生意人通夜不关店门。军事长官、他的办事员以及当地的驻防部队都穿上最讲究的军服。警察们跑来跑去,好像中了邪。至于这对太太小姐们产生的影响,那只有鬼才知道!

契诃夫小说选集

本县的太太小姐们听说骑兵团开来,就丢下煮果酱的滚烫的铜盆,纷纷跑到街上去了。她们忘了自己衣冠不整,蓬头散发,却迎着骑兵团跑过去,呼吸急促,心里发紧,贪婪地听着进行曲的乐声。瞧着她们苍白而痴迷的面容,你也许会以为那乐声不是从士兵的铜号里发出来,而是从天上降下来的。

"骑兵团啊!"她们高兴地说,"骑兵团来了!"

可是她们何必这么关心这个素不相识、偶然路过此地、明天拂晓就要开拔的骑兵团呢?后来,军官先生们站在广场中央,倒背着手,商量宿营问题,这时候,她们却已经在法院侦讯官太太的宅子里坐定,七嘴八舌地评论这个团了。上帝才知道她们从哪儿打听出来团长已经成了家,然而没有跟妻子住在一起。她们还知道某高级军官的太太年年生一个死孩子,某副官毫无希望地爱上一个伯爵夫人,有一回甚至自寻短见。她们样样事情都知道。窗外闪过一个麻脸的兵,穿着红色衬衫,她们清楚地知道他就是雷姆左夫少尉的勤务兵,正跑遍全城,为他主人赊买一瓶英国烧酒。那些军官,她们只不过匆匆看过一眼,而且也只是见到他们的后背罢了,可是她们却已经断定其中没有一个长得好看,惹人喜欢的了。……她们讲过一通以后,派人硬把军事长官和俱乐部主任请来,吩咐他们无论如何非办一次跳舞晚会不可。

她们的心愿实现了。傍晚八点多钟,军乐队在俱乐部门前的街道上奏乐,俱乐部里军官先生们同当地的太太小姐们翩翩起舞。太太小姐们感到身上生出翅膀了。她们被舞蹈、乐声、清脆的马刺声所陶醉,把整个心交给萍水相逢的朋友,完全忘记她们那些平民身份的同伴了。她们的父亲和丈夫退到远远的后边去,挤集在前厅寒碜的饮食部旁边。那些司库员啦,秘书啦,管理员啦,都生得干瘦,害着痔疮,举止笨拙,清楚地意识到自己不像样,因而不肯走进舞厅,光是远远地看着他们的妻子和女儿跟那些手脚灵活和身材匀称的中尉们跳舞。

在那些丈夫当中,有个税务官基利尔·彼得罗维奇·沙里科夫。这个爱喝酒的人心胸狭隘,为人恶毒,脑袋很大,头发剪得短短的,厚嘴唇往下撇。当初他念过大学,读过皮萨列夫和杜勃罗留波夫的作品,时常唱歌,可是现在他只说自己是八等文官,别的一概不提了。他倚着门框站在那儿,眼睛一刻也不放松他的妻子。他妻子安娜·巴甫洛芙娜是个娇小的黑发女人,年纪三十岁上下,长鼻子,尖下巴,脸上涂着脂粉,腰身束紧,一刻也不停地跳舞,非到昏倒不肯罢休。她已经跳累了,然而疲乏的是她的肉体,却不是她的灵魂。……她全身表现出痴迷和欢乐。她胸脯起伏,脸颊泛起红晕,一举一动都那么娇慵,飘洒。看得出来,她一边跳舞,一边想起她的过去,遥远的过去,那时候她在贵族女子中学常常跳舞,幻想着奢华欢乐的生活,相信她日后的丈夫一定会是男爵或者公爵。

税务官瞅着她,气得皱起眉头。……他没感到嫉妒,然而心里不痛快,第一,人家在跳舞,害得他没有地方可以打牌了;第二,他受不了吹奏乐;第三,他觉得军官先生们对待平民过于轻慢,高傲;第四,最主要的是,他妻子脸上的快活神情惹恼了他,使他心里冒火。……

"瞧着都叫人恶心!"他嘟哝道,"年纪都快四十了,生得一副丑相,可是你瞧瞧,居然搽胭脂抹粉,卷起头发,穿上了束腰的紧身!她卖弄风情,装模作样,自以为怪不错的呢。……嘿,您啊,好漂亮的美人儿哟!"

安娜·巴甫洛芙娜全神贯注在跳舞上,一眼也没看她的丈夫。

"当然了,我们这些乡巴佬,哪儿配得上!"税务官幸灾乐祸地说,"如今我们算是靠边站了。……我们是海豹,县城里的熊!她呢,成了舞会上的皇后。瞧,她还那么年轻美貌,连军官们都能对她发生兴趣。说不定他们会爱上她呢。"

跳玛祖卡舞的时候,税务官气得脸相大变。跟安娜·巴甫洛芙娜一块儿跳玛祖卡舞的,是个黑发的军官,生着爆眼睛和鞑靼人那样的高颧骨。他庄重而又动情地迈动两条腿,露出严厉的脸色,直僵僵地弯下膝头,看上去仿佛是个由细线牵动的玩偶小丑。安娜·巴甫洛芙娜呢,脸色发白,身子发颤,娇滴滴地伛下身子,转动眼珠,极力做出脚不点地的样子,大概她自己也确实觉得不是在地球上,不是在县城的俱乐部里,而是在远远的,远远的一个什么地方,在云端里!不光她的脸,就连她的全身都表现出快活得飘飘然的神态。……税务官受不住了,一心想讥诮这种快活,让安娜·巴甫洛芙娜领会她已经得意忘形,生活根本不像她目前在陶醉中感到的那么美妙。……

"你等着就是,你尽管嘻开嘴笑好了,我要叫你尝尝我的厉害!"他嘟哝说,"你不是女学生,也不是姑娘家了。老丑婆应该明白自己是丑婆子!"

种种浅薄的感情像老鼠似的猬集在他心里,有嫉妒,有烦恼,有受了伤害的自尊心,也有由于常喝白酒,

出　诊　集

长期过着停滞的生活而往往在小官们心里产生的那种狭隘的内地人愤世嫉俗的心理。……他等到玛祖卡舞终场,就走进舞厅,朝他妻子走去。这时候安娜·巴甫洛芙娜正跟她的男舞伴坐在一起,扇着扇子,卖弄风情地眯细眼睛,讲起以前她在彼得堡怎样跳舞(她的嘴唇努成心形,因而说成"在我们白都堡"了)。

"安纽达①,我们回家去!"税务官声音沙哑地说。

安娜·巴甫洛芙娜看见丈夫出现在她面前,先是打了个冷战,仿佛想起了她还有个丈夫似的,后来满脸涨得通红,想到自己有这么个干瘦的、阴沉的、平凡的丈夫,不由得害臊。……

"我们回家去!"税务官又说一遍。

"为什么？时候还早呢!"

"我要求你回家!"税务官抑扬顿挫地说,露出气愤的脸色。

---

① 安娜的爱称。

"这是为什么？难道出了什么事？"安娜·巴甫洛芙娜惊慌地问。

"没出什么事，可是我希望你马上回家。……我希望如此，就是这么回事。请吧，不用多说了。"

安娜·巴甫洛芙娜并不怕她的丈夫，可是在男舞伴面前却觉得难为情，那军官正惊讶而讥诮地瞧着税务官呢。她站起来，跟丈夫一起走到一旁。

"你在想些什么？"她开口说，"为什么要我回家去？还没到十一点呢！"

"我希望如此，就是这么的！走吧，不必多说。"

"你别生什么糊涂想法！你要走，就走你的。"

"好，那我就大闹一场！"

税务官看见他妻子脸上的快活神情渐渐消散，看见她十分羞愧，显得很痛苦，于是他心里似乎略为轻松点了。

"你现在要我回去干什么？"妻子问。

"我不要你干什么，我希望你待在家里。我希望如此,就是这么的。"

安娜·巴甫洛芙娜不肯听从他的话,后来就开始央告他,求她丈夫容许她哪怕再留半个钟头也好。临了,她自己也不知道什么缘故,不住道歉,赌咒发誓,不过这些话都是小声说的,脸上却带着笑容,免得旁人以为她跟丈夫闹别扭。她开始担保说,她不会再待多久,只要十分钟,只要五分钟就行。可是税务官固执地坚持他的主张。

"随你的便,你要留就留下!只是我要大闹一场。"

这时候,安娜·巴甫洛芙娜一边跟丈夫说话,一边却显得干了,瘦了,老了。她脸色发白,咬着嘴唇,差点哭出来,然后走到前厅去,开始穿外衣。……

"您这是干什么?"本地的太太小姐们吃惊地说,"安娜·巴甫洛芙娜,您干吗要走,亲爱的?"

"她头痛。"税务官替他妻子说。

两夫妇从俱乐部里出来,走回家去,一路上沉默不

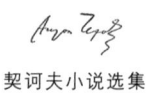

语。税务官跟在妻子后面,瞧着她满心痛苦和委屈,弯下腰,灰心丧气,回想她在俱乐部里那种快活神情惹得他多么生气,感到这种快活如今已经烟消云散,他的心里不禁扬扬得意。他高兴了,满意了,同时却又觉得还缺点什么。他很想转身回到俱乐部,设法闹得大家都扫兴和难堪,让大家都领会到这种生活多么渺小可怜,平淡无味,只要他们在街上摸着黑走路,听见脚底下的烂泥咕唧咕唧响,知道明天早晨醒来,没有别的指望,只好仍旧喝酒打牌,他们就会明白这一点的。啊,那是多么可怕!

安娜·巴甫洛芙娜几乎走不动了。……她仍然处在舞蹈、音乐、谈话、亮光、闹声的影响下。她一面走一面问自己:为什么上帝要这样惩罚她呢?她痛心,委屈,听着丈夫沉重的脚步声而满腔愤恨,连气也透不出来。她一言不发,极力要想出最伤人、最刻薄、最恶毒的话来痛骂她的丈夫,同时却又体会到她那税务官的心是任什么话都打动不了的。他哪里会理睬她的话?

就连她最凶恶的仇敌也想不出比这更使她无可奈何的局面来了。

这当儿音乐轰鸣,黑暗里充满了最轻快、最挑逗人心的乐声。

波 连 卡

下午一点多钟。在游廊式的商场里,有一家名叫"巴黎新货"的服饰用品商店,生意正兴隆。人可以听见店员们的说话声合成的单调的嗡嗡声,如同教员叫所有的学生背诵功课的时候学校里往往会发出的那种嗡嗡声。无论是女顾客的笑声,还是玻璃大门的开关声,或者学徒的奔跑声,都不能破坏这种单调的嗡嗡声。

时装工场老板玛丽雅·安德烈耶芙娜的女儿波连卡,一个娇小纤瘦的金发姑娘,站在商店中央,正用眼

睛找一个什么人。一个黑眉毛的学徒跑到她跟前,很庄重地瞧着她,问道:

"您想买点什么,小姐?"

"往常总是尼古拉·季莫费伊奇接待我的。"波连卡回答说。

这时候店员尼古拉·季莫费伊奇,一个黑发男子,头发拳曲,身材匀称,装束入时,领带上别着一枚大别针,已经在柜台上清理出一块地方,伸出脖子,笑吟吟地瞧着波连卡。

"彼拉盖雅·谢尔盖耶芙娜,您好!"他用好听的、健康的男中音叫道,"请过来吧!"

"啊,您好!"波连卡走到他跟前说,"您看,我又来找您了。给我拿点花边。"

"是做什么用的呢?"

"镶胸口,镶背部,一句话,镶一套衣服用。"

"马上就给您拿来。"

尼古拉·季莫费伊奇在波连卡面前放下几种花

边。波连卡懒洋洋地挑选着,开始讲价钱。

"求上帝怜恤吧,一个卢布可一点也不算贵!"店员劝说着,现出迁就的笑容,"这是法国花边,纯丝的。……我们还有普通花边呢……那种花边四十五戈比一俄尺[①],质地可就不一样了!求上帝怜恤吧!"

"我还要买一件玻璃珠花边的胸衣,安着花边结成的纽扣,"波连卡说着,低下头凑近花边,不知什么缘故叹了一口气,"您这儿可有配得上这种颜色的玻璃珠花边?"

"有,小姐。"

波连卡越发低下头去凑近柜台,小声问道:

"为什么您,尼古拉·季莫费伊奇,上星期四那么早就离开我们走了?"

"哼!……奇怪,您居然留意到了,"店员讥诮地说,"当时您对那位大学生先生那么入迷……奇怪,您

---

① 旧俄长度单位,1 俄尺等于 0.71 米。

怎么会留意到我走了!"

波连卡涨红脸,一声不响。店员激动得手指发抖,关上那些盒子,毫无必要地把它们一个个堆在一起。随后沉默了一会儿。

"我还要买些玻璃珠的花边。"波连卡说,惭愧地抬起眼睛来看着店员。

"您要哪一种?黑的和花的玻璃珠花边镶在网纱上,要算是顶时髦的装饰了。"

"什么价钱?"

"黑的是从八十戈比起,花的呢,两卢布五十戈比。我以后再也不到您那儿去了。"尼古拉·季莫费伊奇小声补充了一句。

"为什么?"

"为什么?很简单。您自己心里一定明白。我何苦自找烦恼呢?怪事!难道我瞧见那个大学生在您身旁献殷勤,我心里会觉得舒服?是啊,我什么都看见,都明白了。从去年秋天起,他就一直拼命追您,您差不多天天跟他一块儿出去散步。每逢他到您家里去做客,您总是迷迷糊糊地盯着他瞧,就跟瞧见一个天使似的。您爱上他了,在您眼睛里天下再也没有比他更好的人了,那么,好极了,还有什么可说的呢。……"

波连卡没说话,心慌意乱地伸出手指头在柜台上划来划去。

"我全看清楚了,"店员接着说,"我还有什么理由再到您那儿去呢?我也有自尊心。并不是人人都乐意做大车上的第五个轮子的。您还买点什么?"

"我妈吩咐我买许多东西,可是我都忘了。另外还要帽子上的羽毛。"

"您要哪一种?"

"要好一点和时新一点的。"

"眼下顶时新的是真正的鸟毛。颜色呢,不瞒您说,眼下顶时新的是淡紫色,或者'卡纳克'色,也就是深红中带点黄颜色。我们有许多花色随您挑选。这件事会闹到什么下场,我简直不明白。您爱上他,那么这件事怎么了结呢?"

在尼古拉·季莫费伊奇脸上,眼圈四周现出了红晕。他两只手揉搓着一根很软的、毛茸茸的丝绦,接着嘟哝说:

"您有心嫁给他,对不对?哼,讲到这个,您还是丢开妄想的好。大学生可是不准结婚的,再说,他来找您是要得到一个光明正大的结局吗?哪儿会!要知道,他们那班大学生,根本就不把我们当人看。……他们到商人和时装女工家里去只是要嘲笑他们的粗俗,喝一个醉罢了。他们在自己家里和正派人家里不好意思灌酒,而到了我们这种无知无识的普通人家里,他们就用不着不好意思,哪怕两脚朝天、双手按地走路也无所谓。对了!那么您要哪一种羽毛呢?如果他缠着您,跟您谈情说爱,那么他安的是什么心,这可是清清楚楚的。……将来他做了医生或者律师,就会回想以前的事说:'啊,当初我有过一个金发的姑娘!如今她在哪儿呢?'恐怕眼下他就在他们那伙大学生当中吹牛说,他已经勾搭上一个时装女工了。"

波连卡在一把椅子上坐下,瞧着那堆白盒子出神。

"不,我不要这些羽毛了!"她叹口气说,"让我妈自己来挑她要的花色吧,我会挑错的。您给我拿六俄尺的穗子,做大衣用,要四十戈比一俄尺的。为这件大衣,您还得给我拿些椰子色的纽扣,要带眼的……好把纽扣钉得结实点。……"

尼古拉·季莫费伊奇给她把穗子和纽扣都包好。她惭愧地瞧着他的脸,显然等他接着说下去,可是他沉下脸不开口,只顾收拾那些羽毛。

"我可别忘了给那件女睡衣配几个纽扣……"她沉默一会儿后说,用手绢擦她苍白的嘴唇。

"您要哪一种?"

"睡衣是给一个商人太太做的,所以要一种特别显眼的纽扣。……"

"是的,如果这是给商人太太配的,那就得选颜色花哨点的。您瞧这种纽扣。这是蓝色、红色、时新的金黄色合在一起的花纽扣。最显眼了。讲到比较文雅的太太小姐,那就要买我们这种只有边上发亮的暗黑色纽扣了。只是我不懂。难道您自己就想不明白?是啊,这种……散步会闹到什么下场?"

"我自己也不知道……"波连卡小声说着,低下头凑近那些纽扣,"尼古拉·季莫费伊奇,我自己也不知道我自己是怎么回事。"

有个留着络腮胡子、身体结实的店员在尼古拉·季莫费伊奇背后挤过去,把他挤得贴紧柜台。那个店员满脸放光,现出极其文雅的殷勤神情,叫道:

"太太,请您费神到这边来!针织的短上衣有三种:一种是没有花纹的,一种是带凸花的,一种是带玻璃珠的!您要哪一种?"

同时,从波连卡身旁走过一位体态丰满的太太,说话声低沉,几乎像男低音一样:

"不过,劳驾,我不要那种有接缝的,要整织的,而且要带商标。"

契诃夫小说选集

"您要装出您在看这些货物才行。"尼古拉·季莫费伊奇往波连卡那边凑过去,小声说着,勉强微笑,"您,求上帝保佑,脸色这么苍白,带着病容,您的模样大变了。他会丢开您的,彼拉盖雅·谢尔盖耶芙娜!不过,就算他有一天会跟您结婚,那也不会是出于爱情,而是因为穷得挨饿,贪图您的钱!他会拿您的陪嫁钱布置一个体面的家,然后觉得您配不上他,为您害臊。他会把您藏起来,不让您见客人,见他的同学,因为您没有受过教育。他会一个劲儿地叫您粗娘们儿。难道您会跟医生或者律师那班人应酬周旋?在他们心目中,您是个做时装的女工,无知无识的人!"

"尼古拉·季莫费伊奇!"有人在商店另一头喊道,"这位小姐要三俄尺带金银丝花纹的绦带。咱们有吗?"

尼古拉·季莫费伊奇把脸扭到那边去,做出笑脸,嚷道:

"有!有带花纹的绦带,有用缎子镶边的绸带子,有用波纹绸镶边的缎带子!……"

"顺便提一下,免得忘掉,奥丽雅托我给她买一件胸衣!"波连卡说。

"您的眼睛里有……眼泪哟!"尼古拉·季莫费伊奇惊慌地说。……"这是怎么了?我们快到胸衣部那边去,我用身体挡着您,要不然就不像样了。"

店员就勉强做出笑容,故意装得随随便便,很快地把波连卡领到胸衣部,让她藏在一大堆盒子后面,不让外人看见。……

"您要买哪一号胸衣啊?"他大声问道,同时又小声说,"快擦干您的眼睛!"

"我……我要四十八公分的!不过,麻烦您,她要双层里子的……而且得配着真正的鲸须。……我想跟您谈一谈,尼古拉·季莫费伊奇。今天您到我家里来吧!"

"不过有什么可谈的呢?没有什么可谈的。"

"只有您……才爱我,除了您以外,我再也找不到可以谈一谈的人了。"

"这不是芦草,也不是骨头,而是真正的鲸须啊。……我们还要谈什么呢?没有什么可谈的了。……您今天一定还要跟他一块儿去散步吧?"

"我……我要去的。"

"好,那还谈什么呢?谈也没有用处。……您一定爱上他了吧?"

"是的。……"波连卡迟疑不定地小声说,眼睛里滚出大颗的泪珠。

"那还谈什么呢?"尼古拉·季莫费伊奇嘟哝道,烦躁地耸耸肩膀,脸色变白了,"根本就用不着再谈。……您擦干眼泪。我……我也不存什么指望了。……"

这时候有一个又高又瘦的店员走到这一大堆盒子跟前来,对她的女顾客说:

"您要不要这种有松紧的上等吊袜带,它不会阻碍血脉流通,这是经医学界承认的。……"

尼古拉·季莫费伊奇用身体挡住波连卡,极力遮盖她和他自己的激动,勉强做出笑容,大声说:

"有两种花边,小姐!棉质的和丝质的!东方的、不列颠的、巴伦西亚的、合股线的、粗糙的,都是棉质的。至于纤巧的、做饰带用的、喀姆布来式的,就都是丝质的了。……看在上帝面上,您把眼泪擦干!他们往这边来了!"

他看见她仍旧在流泪,就越发大声地接着说:

"有西班牙的、纤巧的、做饰带用的、康布雷的花边。……有细棉纱织的、棉线织的、丝线织的袜子。……"

安 纽 达

在"里斯本"公寓一个租金最低的房间里,医学系三年级大学生斯捷潘·克洛奇科夫从这个墙角走到那个墙角,用心背诵他的医学课文。这种一刻也不停的紧张背诵使得他口干舌燥,额头冒出汗来。

和他同居的女人安纽达在靠窗一个凳子上坐着,窗玻璃的四边蒙上了冰花。安纽达是个矮小消瘦的黑发女人,年纪二十五岁上下,脸色十分苍白,灰色的眼睛带着温和的神色。她伛着腰,用红线绣一件男衬衫的衣领。她在赶着做。……过道里的挂钟沙沙地响,敲了两下,这是下午两点钟,可是这个小房间还没打扫过。被子揉成一团,枕头、书本、女衣丢得到处都是,一只肮脏的大盆里装满肥皂水,水面上漂着烟蒂,地板上有些垃圾,一切东西都像是堆在一个地方,故意弄得凌乱不堪、揉成一团似的。……

"右肺共分三部分……"克洛奇科夫背诵着,"分界!上部在胸腔前壁,自上而下直至第四根或第五根肋骨为止,在侧面则是自上而下直至第四根肋骨为止……在背部则是自上而下直至肩胛骨①为止。……"

克洛奇科夫抬起眼睛望着天花板,极力想象刚才读过的那些部位。他没有得到清楚的概念,就动手隔着坎肩摸索他上边的肋骨。

"这些肋骨好像钢琴的琴键,"他说,"为了不致出错,就必须把它们摸熟。那就要在人体模型上和活人

---

① 原文为拉丁语。

身上研究清楚。……喂,安纽达,让我来把部位确定一下!"

安纽达就放下活计,脱掉上衣,挺直身子。克洛奇科夫在她对面坐下,皱起眉头,开始数她的肋骨。

"嗯。……头一根肋骨摸不到。……它是在锁骨后面。……这一定是第二根肋骨。……哦。……这是第三根。……这是第四根。……嗯。……对。……你为什么把身子缩起来?"

"您的手指头冰凉!"

"得了,得了……你死不了。你不要扭动嘛。那么,这是第三根肋骨,这是第四根。……你看起来这么瘦,可是你的肋骨却几乎摸不出来。……这是第二根……这是第三根。……不行,这样要数乱,概念也不清楚。……这得画一下。……我那支炭笔在哪儿?"

克洛奇科夫拿过那支炭笔来,在安纽达的胸膛上,根据肋骨的部位,画出几条平行线。

"好得很。这就了如指掌了。……好,现在甚至可以敲几下,练习听诊。那你站起来!"

安纽达就站起来,扬起下巴。克洛奇科夫动手在她的胸脯上轻轻叩打,而且把这个工作干得那么专心,完全没有留意到安纽达已经冻得嘴唇、鼻子、手指头都发青了。安纽达不住地发抖,同时又担心医学生发现她在发抖,不再用炭笔描画,不再叩打,于是临到考试的时候就会考得很差。

"现在一切都清楚了,"克洛奇科夫停住叩打说,"你就照这样坐着,不要擦掉炭笔画出来的线,我趁这工夫再略微背一背课文。"

医学生就又走来走去,不住地背诵。安纽达像个文了身的野蛮人,胸脯上画着黑线,冻得缩起身子,坐在那儿想心思。她素来很少讲话,老是沉默不语,总在想这想那。……

这六七年来,她在这些公寓房间里迁来迁去,像克洛奇科夫这样的人她已经认识过五个。现在他们都已经在大学毕业,在社会上有了地位,而且当然,跟上流人一样,早已把她忘记了。其中有一个如今在巴黎住着,两个做了医生,还有一个成了画家,最后一个据说甚至当教授了。克洛奇科夫是第六个。……不久就连这一个也要毕业,到社会上去了。毫无疑问,他的前途是美好的,克洛奇科夫多半会成为一个大人物,然而他目前的景况却糟透了:克洛奇科夫没有烟草,没有茶叶,白糖也只剩下四小块了。她必须赶快做完活计,把它送到订货的女顾主那儿去,领到二十五戈比的工钱,然后再去买茶叶和烟草。

"可以进来吗?"房门外响起一个人的说话声。

安纽达赶紧把一条毛线披巾披在肩膀上。画家费契索夫走进来了。

"我有一件事求您,"他对克洛奇科夫开口说,他的眼睛像野兽似的从额头上披散下来的头发底下向外张望,"请您帮个忙,把您那美丽的姑娘借给我两个钟头!您可知道,我在画一幅画,没有模特儿就怎么也画不成!"

出 诊 集

"啊,遵命!"克洛奇科夫同意道,"你去吧,安纽达!"

"我才不去受那个罪呢!"安纽达轻声说了一句。

"哎,得了吧!人家是为艺术才提出这个要求的,又不是为了什么无聊的事。既然你能帮忙,又何不帮一帮呢?"

安纽达动手穿衣服。

"那么您在画什么?"克洛奇科夫问。

"我在画普诺刻①。这是个好题材,可是不知怎么总也画不好,只好老是找各式各样的模特儿来画。昨天我照着一个模特儿画起来,她的腿是蓝色的。我就问,你的腿为什么是蓝色的?她说,这是她的长袜褪了色。您倒一直在背书!走运的人,您挺有耐心呢。"

"医学这门学问,不背可万万不行。"

"嗯。……请您原谅我说句不中听的话,克洛奇

---

① 希腊神话中人类灵魂的化身,以少女的形象出现,与爱神厄洛斯相恋。

科夫,您生活得乱糟糟的!鬼才知道您在怎么生活!"

"这话怎么讲?不这样生活不行啊。……我每个月从我老子那儿只领到十二个卢布,靠这点钱要过像样的日子就难了。"

"话是不错的……"画家说,厌恶地皱起眉头,"不过仍然可以过得好一点。……一个有教养的人一定得是个美学家。这话不对吗?可是您这儿,鬼才知道是怎么回事!床也没铺,污水啦,垃圾啦……昨天的粥还剩在盘子里……呸!"

"这是实在的……"医学生说,发窘了,"不过安纽达今天没有工夫打扫。她一直很忙。"

等到画家和安纽达走出去,克洛奇科夫就在长沙发上躺下,开始躺着背书,后来不知不觉睡着了。过了一个钟头他醒过来,用拳头支着脑袋,开始闷闷不乐地沉思。他不由得想起画家所说的有教养的人必然是美学家那句话,而他的环境,现在依他看来,也确实讨厌,令人憎恶。他仿佛借助于心灵的眼睛看到了他的未来,那时候他会在书房里接待病人,在宽敞的饭厅里喝茶,由他的妻子陪着,而她是个上流女人。于是现在那个装着污水而且漂浮着烟蒂的盆,就显得格外不像样子。安纽达也显得相貌丑陋,样子邋遢、寒碜了。……他就下定决心,不管怎样马上就得跟她分手。

等到她从画家那儿回来,脱掉皮大衣,他就从长沙发上起来,郑重地对她说:

"你听我说,我亲爱的。……你坐下,听着。我们得分手了!一句话,我不愿意再跟你一块儿生活下去了。"

安纽达从画家那儿回来,已经十分劳累,简直是筋疲力尽了。她做模特儿呆站了很久,这使她的脸变得消瘦憔悴,她的下巴变得更尖了。对于医学生所说的那些话,她一句话也没有回答,只是嘴唇颤抖起来。

"你会同意,反正我们早晚总得分手,"医学生说,"你为人好,心地善良,你不愚蠢,你会懂得的。……"

安纽达又穿上皮大衣,默默无言地用一张纸把她的活计包起来,把线和针收在一起。在窗台上她找到一个小纸包,那里面包着四小块糖,她就把它放在桌子上,书本旁边。

"这是您的……糖……"她轻声说,回转身去,想遮掩她的眼泪。

"咦,你哭什么?"克洛奇科夫问。

他心慌地在房间里走来走去,说:

"你是个奇怪的女人,真的。……你自己也明明知道我们非分手不可。我们又不能一辈子待在一起。"

她拿起她仅有的一个小包袱,已经转过身来要同他告别,可是他怜惜她了。

"就让她再在这儿住一个星期吧?"他暗想,"真的,让她再住几天,一个星期以后我再叫她走。"

他懊恼自己的软弱,就严厉地对她嚷道:

"咦,你站着干什么!要走就走,不愿意走就脱掉皮大衣留下!你留下好了!"

安纽达默默无言,慢腾腾地脱掉皮大衣,然后同样慢腾腾地擤鼻涕。她叹了口气,不出声地往她素常的座位那边,往窗子旁边的凳子那儿走去。

　　大学生拿过教科书来,又开始在两个墙角之间走来走去。

　　"右肺共分三部分……"他背诵道,"上部在胸腔前壁,自上而下直至第四根或第五根肋骨为止……"

　　过道上有个什么人扯开了嗓门叫道:

　　"格利果利,拿茶炊来!"

大沃洛嘉和小沃洛嘉①

"放开我,我要自己赶车!我要坐到车夫旁边去!"索菲雅·利沃芙娜大声说,"车夫,你等一等,我要跟你一块儿坐在赶车座位上。"

她在雪橇上站着,她的丈夫符拉季米尔·尼基狄奇和她小时候的朋友符拉季米尔·米海雷奇抓住她的胳膊,免得她跌倒。那辆三套马的雪橇跑得飞快。

"我早就说不该给她喝白兰地,"符拉季米尔·尼

---

① 沃洛嘉是符拉季米尔的小名。

基狄奇烦恼地小声对他的旅伴说,"你这个人啊,真是的!"

上校凭经验知道,像他的妻子索菲雅·利沃芙娜这样的女人在这种带点醉意的、疯疯癫癫的快乐过去以后,紧跟着照例就是歇斯底里的大笑,接着是痛哭。他担心过一会儿他们回到家里以后,他没法睡觉,而不得不忙着张罗压布和药水。

"吁!"索菲雅·利沃芙娜叫道,"我要赶车。"

她心里真是快活和得意。自从举行婚礼那天起,最近两个月来,总有一个想法煎熬着她,她觉得她嫁给亚吉奇上校是因为贪图富贵,而且像人们常说的那样,因为赌气[①];可是今天在城郊那家饭店里,她终于相信自己热烈地爱着他。尽管他已经五十四岁,却身材匀称,头脑机敏,动作灵活,擅长说俏皮话,给茨冈姑娘们伴唱。真的,如今老头倒比青年可爱一千倍,仿佛老人和

---

① 原文为法语。

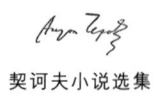

青年掉换了位置似的。尽管上校比她父亲还要大两岁,而她只有二十三岁,然而凭良心说,论精力和朝气,他却比她不知超出多少,那么,年纪大又有什么关系呢?

"啊,我亲爱的!"她暗想,"了不起的人!"

在那家饭店里,她还相信,她那旧日的感情已经连影子也没有了。对她小时候的朋友符拉季米尔·米海雷奇,或者简称沃洛嘉,她昨天还爱得发疯,爱得要命,现在却完全淡漠了。今天整个傍晚,她觉得他无精打采,带着睡意,不招人喜欢,一无可取。他在饭店里照例厚着脸皮避免付账,这一回他的这种态度使她暗暗生气,好容易才忍住没对他说:"要是您没钱,就该坐在家里才对。"每次都是由上校一个人付钱。

也许由于她眼前不断地闪过树木、电线杆和雪堆吧,总之,各式各样的思想涌上了她的心头。她想起饭店的账单是一百二十卢布,另外还付给茨冈人一百卢布。明天,只要她乐意,她可以随便挥霍上千的卢布,可是两个月以前,在她结婚以前,她自己连三个卢布都没有,随便买一点小东西都得向她父亲要钱。生活的变化是多么大呀!

她的思路千头万绪,她想起当初她十岁的时候,她现在的丈夫亚吉奇上校追求过她的姑母,全家人都说他把她害苦了,事实上,她姑母走出房来吃饭的时候确实常常脸上带着泪痕,而且老是坐上马车不知到什么地方去。大家讲起她来总是说:这个可怜的人休想得到安宁了。那时候他很漂亮,大受女人们的垂青;因此全城的人都知道他,大家说他似乎每天都要分头到那些爱慕他的女人的家里去一趟,就跟医生去给病人看病一样。现在呢,尽管他头发白了,脸上起了皱纹,戴了眼镜,可是他那张瘦脸,特别是从侧面看过去,有时候还是显得挺漂亮的。

索菲雅·利沃芙娜的父亲是个军医官,从前跟亚吉奇在同一个部队里共过事。沃洛嘉的父亲也是军医官,从前也跟亚吉奇上校和她父亲在同一个部队里共过事。沃洛嘉虽然常常闹出很复杂、很烦心的恋爱纠纷,可是学业优良,他在大学毕业的时候,成绩极好,现在选定外国文学作为他的专业,据说正在写论文。他住在他那做军医的父亲的营房里,虽然三十岁了,自己却没有钱。索菲雅·利沃芙娜小时候和他同住在一栋房子里,虽然两家各有自己的一套住宅。他常来找她一块儿游玩,一块儿学跳舞,一块儿学说法国话;可是等到他长大,变成一个身材匀称、十分漂亮的青年,她见着他就怕羞了,后来暗自发疯样地爱上他,直到最近嫁给亚吉奇为止。他也很受女人们的垂青,差不多从十四岁起,他就善于博得她们的欢心,那些为他而对丈夫不忠实的太太,总是借口沃洛嘉年纪还小而为自己辩白。不久以前有人讲起他,说他做大学生的时候,住在大学附近的公寓房间里,每次有人去找他,敲他的房门,就会听见门里面响起他的脚步声,然后是低声的道歉:"对不起,我不是一个人在屋里。"[①]亚吉奇很欣赏

---

① 原文为法语。

出　诊　集

他，夸奖他前途无量，就像杰尔查文①对待普希金一样，显然，亚吉奇喜欢他。他们两人往往一连几个钟头沉默地打台球或者玩"辟开"②。如果亚吉奇坐上三套马的马车到什么地方去，总是把沃洛嘉带在身边，沃洛嘉也把他的论文的秘密只讲给亚吉奇一个人听。当初上校比较年轻的时候，他们常常处于情敌的地位，可是彼此从来也不争风吃醋。在他们常常同去的社交场所，大家总是管亚吉奇叫作大沃洛嘉，管他的朋友叫作小沃洛嘉。

在雪橇上，除了大沃洛嘉、小沃洛嘉和索菲雅·利沃芙娜以外，还有一个女人，就是玛尔迦莉达·亚历山德罗芙娜，大家称呼她莉达。她是亚吉奇太太的表姐，一个三十岁开外的姑娘，脸色十分苍白，眉毛漆黑，戴

---

① 杰尔查文(1743—1816)，俄罗斯诗人。1815 年 1 月 8 日，年轻的普希金在皇村学校参加考试时，当众朗诵他的诗篇，受到杰尔查文的赞赏。
② 一种纸牌戏。

着夹鼻眼镜,不停地吸纸烟,哪怕在天气严寒的时候也一样。她的胸前和膝盖上老是有烟灰。她说话带着鼻音,拖长每个字的字音,性情冷僻,随便喝多少蜜酒和白兰地总也不会醉,时常懒洋洋而又乏味地讲些含意暧昧的掌故。她在家里从早到晚翻看厚本的杂志,弄得杂志上撒满烟灰,或者吃冰冻的苹果。

"索尼雅[①],别发疯了,"她用唱歌般的声调说,"真的,这简直是愚蠢。"

在临近城门的地方,那三套马的雪橇跑得慢了点,房屋和行人不断闪过去。索菲雅·利沃芙娜平静下来,偎紧她的丈夫,专心想心事。小沃洛嘉坐在她对面。这时候,除了轻松快活的思想以外,又添上些阴郁的思想。她暗想,坐在对面的这个人知道她爱他,他当然相信她是因为赌气嫁给上校的说法。她一次也没有向他表白过爱情,而且不希望他知道,总是隐瞒着她自

[①] 索尼雅和下文的索涅琪卡均为索菲雅的爱称。

己的感情,可是从他的脸色看得出他十分了解她,这就伤了她的自尊心。不过在她的处境里最使她痛心的是,自从举行婚礼以后,这个小沃洛嘉倒忽然开始对她献起殷勤来,而这是以前从来也没有过的。他往往一连几个钟头默默地陪她坐着,或者谈些闲话,此刻在雪橇里他没有跟她谈话,却微微地踩着她的脚,握握她的手。显然,他一心巴望她出嫁。他分明看不起她,她就像那种不规矩的坏女人那样在他心里只能引起某种性质的兴趣。当那种得意的感情和对丈夫的爱情跟屈辱的感情和受伤的自尊心在她心里混在一起的时候,她就不禁生出逞强的心,只想坐到赶车座位上去,嚷一阵,吹一阵口哨。……

在他们的马车经过一个女修道院的当儿,院里那口一千普特①重的大钟敲响了。莉达在胸前画十字。

"我们的奥丽雅在这个修道院里。"索菲雅·利沃

---

① 俄国重量单位。1 普特等于 16.38 公斤。

芙娜说,也在胸前画十字,身子哆嗦了一下。

"为什么她进了修道院?"上校问道。

"因为赌气,"莉达生气地回答说,显然暗指索菲雅·利沃芙娜和亚吉奇的婚姻,"现在这种因为赌气挺时行。它正向全世界挑战。她原是个爱说爱笑、极爱卖弄风情的女人,只喜欢舞会和舞伴,可是忽然间,她走了!弄得人人都吃一惊!"

"这不是实情,"小沃洛嘉放下皮大衣的衣领,露出他那张漂亮的脸,说,"这跟因为赌气不相干,不瞒您说,这完全是由于遭了灾祸。她哥哥德米特利被流放去服苦役,如今下落不明。她母亲伤心而死。"

他又竖起他的衣领。

"奥丽雅做得好,"他声音低沉地接着说,"她处在养女的地位,况且又跟索菲雅·利沃芙娜那样的好人住在一起,这一点也得考虑到才是!"

索菲雅·利沃芙娜从他的声调里听出轻蔑的口气,就想说几句话顶撞他,可是她没说出口。她又生出

那种逞强的心情。她站起来,用含泪的声调叫道:

"我要去做晨祷!车夫,往回走!我要去见见奥丽雅!"

雪橇往回驶去。修道院的钟声低沉,索菲雅·利沃芙娜感到这声音使人联想到奥丽雅和她的生活。别的教堂也在敲钟。等到车夫勒住那三匹马,索菲雅·利沃芙娜就跳下雪橇,独自一个人,也不要人陪伴,很快地往大门走去。

"劳驾,快一点!"她丈夫对她叫道,"时候已经不早了!"

她走进乌黑的大门口,然后顺着一条从大门通到大教堂的林荫路走去,积雪在她脚底下沙沙地响,钟声就在她的上空轰鸣,仿佛使她的全身震颤。她来到教堂门口,走下三层台阶,然后穿过一道门廊,两旁都是圣徒的画像,弥漫着刺柏和神香的气味。随后又是一道门,有一个穿黑衣服的人给她开门,对她深深地鞠躬。……教堂里,晨祷还没开始。有一个修女在圣像壁旁边走动,点燃高烛台上的蜡烛,另一个修女点燃枝形烛台上的蜡烛。这儿那儿,圆柱附近和侧祭坛附近,有些黑色人影站着不动。"大概,他们现在这样站着,一直不离开,要到明天早晨才走吧。"索菲雅·利沃芙娜暗想。她觉得这儿又黑又冷,枯燥乏味,比墓园里还要乏味。她带着烦闷的感觉瞧着那些一动不动、呆若木鸡的人影,忽然她的心收紧了。不知怎的,她认出一个身量不高、肩膀窄小、头戴黑色三角头巾的修女就是奥丽雅,其实奥丽雅进修道院的时候长得挺胖,身量也似乎高一些。索菲雅·利沃芙娜不知什么缘故,心里十分激动,犹豫不决地走到那个见习修女跟前,从她肩膀上望过去,看清了她的脸,果然她就是奥丽雅。

"奥丽雅!"她说,举起两只手轻轻一拍,兴奋得说不出话来,"奥丽雅!"

那个修女立刻认出她来,惊讶地扬起眉毛。她那张刚洗过的、干净而苍白的脸高兴得放光,就连她那三角头巾下露出的白色包头布也似乎高兴得放光了。

"瞧,主赐的奇迹。"她说着,也举起她那两只干瘦的白手拍了一下。

索菲雅·利沃芙娜紧紧地抱住她,吻她,同时又担心别冒出酒气来。

"刚才我们路过这儿,想起了你。"她说,喘不过气来,好像刚才很快地跑过一段路似的,"你的脸色多么苍白啊,上帝!我……我见着你高兴极了。哦,怎么样?怎么样?你觉得寂寞吗?"

索菲雅·利沃芙娜往四下里看一眼别的修女们,接着低声说:

"我们那儿发生了好多变化。……你知道,我嫁给亚吉奇,符拉季米尔·尼基狄奇了。你一定记得他。……我跟他在一块儿,很幸福。"

"好,感谢上帝。你父亲身体好吗?"

"好。他常想起你。你,奥丽雅,到了假日务必来看我们。听见了吗?"

"我会去的,"奥丽雅说,微微一笑,"我明天就去。"

索菲雅·利沃芙娜自己也不知道为什么,哭起来了。她不出声地哭了一会儿,然后擦干眼睛说:

"莉达没有见到你,会觉得十分惋惜。她跟我们一块儿出来的。沃洛嘉也在。他们就在大门口。要是你能跟他们见面,他们会多么高兴啊!我们去找他们吧,反正祈祷还没开始。"

"那我们就去吧。"奥丽雅同意说。

她在胸前画了三次十字,然后跟索菲雅·利沃芙娜一块儿往门口走去。

"那么,索涅琪卡,你说你挺幸福?"她走出大门的时候问道。

"很幸福。"

"好,感谢上帝。"

大沃洛嘉和小沃洛嘉看见这个修女走出来,就跳下雪橇,恭恭敬敬向她问好。他们看见她那苍白的脸和黑色的修女服显然都感动了;而且,她还记得他们,出来向他们问候,两人心里暗暗高兴。索菲雅·利沃芙娜怕她冻着,就拿过一条车毯披在她身上,同时用她皮大衣的一块前襟把她裹住。方才的眼泪使她的心头轻松了一些,灵魂变得纯净了。她暗自欣喜,这个热闹的、不安宁的、实际上不纯洁的夜晚竟然出人意外,这样纯洁而温柔地结束了。为了要奥丽雅在她身边多留一会儿,她提议说:

"让她坐上雪橇兜一阵吧!奥丽雅,你坐上去,我们一会儿就回来。"

两个男人预料修女会拒绝,圣徒是不坐三套马的雪橇兜风的;可是使他们吃惊的是,她居然同意,坐上雪橇了。这辆三套马的雪橇往城门那边跑去,大家都默不作声,只是极力让她坐得舒服点,暖和点,每个人都暗想她从前是什么样子,现在又是什么样子。现在她的脸缺乏热情,很少表情,冷淡而苍白,而且透明,好像她的血管里流着的是水而不是血。不过两三年前,她却长得丰满,脸颊绯红,常常谈论那些追求她的男人,为一丁点儿小事而扬声大笑。……

在城门附近,雪橇掉转头往回跑,过了大约十分钟,在修道院门前停住,奥丽雅走下雪橇。钟楼上,钟声响得更急了。

"求主保佑你们。"奥丽雅说,照修女那样深深一鞠躬。

"那么你一定要来,奥丽雅。"

"我会去的,会去的。"

她很快地走了,不久就消失在乌黑的大门里。这以后,雪橇往回跑,不知什么缘故,大家心里都感到十分愁闷。人人都沉默不语。索菲雅·利沃芙娜觉得浑身发软,心情沮丧。她觉得刚才逼着修女坐上雪橇,夹在一伙喝过酒的人当中,乘着三套马的雪橇兜风,未免荒唐,鲁莽,而且几乎可以说是不敬。她的酒意过去了,欺骗自己的愿望就也随之而消失,她已经清楚地感到她不爱她的丈夫,而且也不可能爱他,这件事简直是胡闹,愚蠢。她嫁给他是由于贪图富贵,因为他,按她中学里的女同学的说法,"阔绰得不得了";又由于她生怕自己像莉达似的做老处女;还由于她厌烦她那做军医的父亲,而且想气气小沃洛嘉。要是她出嫁前能够预料到生活会这样沉重,可怕,讨厌,那么,就是拿全世界的财富都送给她,她也不会同意结婚。然而现在已经无法挽回。只好听天由命了。

他们回到家里。索菲雅·利沃芙娜在暖和而柔软的床上躺下,盖好被子,于是想起那道幽暗的门廊、那种神香的气味、那些圆柱旁边的人影。她想到在她睡着以后,那些人将会始终站着不动,就不由得害怕。晨祷的时间很长,然后是念经,然后是弥撒,祈祷。……

"可是要知道,上帝是有的,一定是有的,而我总会死的,那就是说,我早晚得考虑灵魂,考虑永恒的生活,像奥丽雅一样。奥丽雅现在得救了,她给自己解决了所有的问题。……可是万一没有上帝呢?那她的一生就白白糟蹋了。可是怎么会是白白糟蹋呢?为什么就是白白糟蹋呢?"

过了一会儿又有些思想萦回在她的脑际：

"上帝是有的,死亡一定会来临,应当想到灵魂才对。如果奥丽雅此刻知道她马上会死掉,她也不会害怕。她准备好了。主要的是她已经为自己解决了人生的问题。上帝是有的……是啊……可是除了进修道院以外,难道就没有别的出路了？要知道,进修道院无非是放弃生活,毁掉生活罢了。……"

索菲雅·利沃芙娜有点害怕。她把脑袋埋在枕头底下。

"不应当想这些,"她小声说,"不应当。……"

亚吉奇在隔壁房间里的地毯上走来走去,他的马刺轻轻地响着,他在想心事。索菲雅·利沃芙娜猛地想到这个人只在一点上使她感到亲切和可爱:他的名字也叫符拉季米尔。她从床上坐起来,柔声叫道：

"沃洛嘉！"

"什么事？"她丈夫应声说。

"没什么。"

她又躺下去。钟声响起来,也许就是修道院里的钟声吧。她又不由得想起那道门廊和那些乌黑的人影。那些关于上帝和不可避免的死亡的想法在她头脑里盘旋,她就用被子蒙住头,免得听见钟声。她暗想,在衰老和不可避免的死亡来临以前,还有很长很长一段生活要过,她得每天忍受这个她所不爱的、此刻走进寝室里来睡觉的男子的亲近,她得扑灭她心里对另一个年轻迷人,而且在她看来不平凡的男子的无望的爱情。她看一眼丈夫,想对他道一声晚安,可是没有说出口,却忽然哭起来。她恼恨自己。

"得,音乐开始了!"亚吉奇说,把"乐"字说得很重。

她哭了很久,一直到早晨九点多钟才平静下来。她停了哭,全身不再发抖,可是头痛欲裂。亚吉奇匆匆地赶着去做晚弥撒,在隔壁房间里抱怨帮他穿衣服的勤务兵。他到卧室里来取东西,马刺发出轻微的响声,后来又进来一趟,这一回已经戴上带穗的肩章和勋章了。他两条腿由于害风湿病而有点瘸。不知什么缘故,索菲雅·利沃芙娜觉得他的模样和步法像一头猛兽。

她听见亚吉奇在打电话。

"费心,请您接瓦西里耶夫营房!"他说,过一会儿他又说:"瓦西里耶夫营房吗?劳驾,请萨里莫维奇医生接电话……"又过了一会儿:"是哪一位啊?是你吗,沃洛嘉?很高兴。亲爱的,请你父亲马上到我们家里来一趟,因为我的妻子昨天回来以后,觉得很不舒服。你是说他不在家?哦。……谢谢。太好啦……非常感谢。……谢谢①。"

亚吉奇第三次走进寝室来,弯下腰凑近他妻子,在她胸前画个十字,伸出手去让她吻(凡是爱他的女人都吻他的手,他已经养成习惯了),说他吃午饭的时候回来。他说完就走了。

---

① 原文为法语。

出 诊 集

十一点多钟,使女通报说,符拉季米尔·米海雷奇来了。索菲雅·利沃芙娜又疲乏又头痛,身子摇摇晃晃,很快地穿上她那件用毛皮镶边、又新又漂亮的淡紫色家常便服,赶紧把头发好歹梳理一下。她觉得她的灵魂里生出一种无法形容的温柔感情,高兴得周身发抖,生怕他会走掉。她只巴望看他一眼。

小沃洛嘉这次来访,装束整齐,穿着燕尾服,打着白领结。索菲雅·利沃芙娜走进客厅里,他吻她的手,为她身体不爽而真诚地表示难过。后来他们坐下来,他就称赞她那件便服。

"昨天跟奥丽雅见过面以后,我心里很乱,"她说,"起初我感到害怕,而现在却羡慕她了。她好比牢不可破的山岩,谁都休想搬得动它。可是,沃洛嘉,难道她就没有别的出路了?难道活生生地埋葬自己才算是解决了人生问题?要知道,那是死而不是生啊。"

一提起奥丽雅,小沃洛嘉的脸上就现出感动的神情。

"您,沃洛嘉,是个聪明人,"索菲雅·利沃芙娜说,"请您指点我,好让我也能像她那样行事。当然,我不是个信徒,不会进修道院,不过我还是可以做些性质相似的事。我生活得不轻松啊,"她沉默一阵以后,接着说,"您指点我吧。……告诉我一种可以使我信服的办法。您哪怕只说一句话也好。"

"一句话?好吧:砰的一声响!"

"沃洛嘉,为什么您看不起我?"她痛心地问道,"您跟我讲起话来,原谅我这样说,总是用一种纨绔子弟的特别口气,不像是对朋友,对正派的女人讲话。您很有成就,您喜欢科学,可是为什么您从来也不对我谈科学呢?为什么?我不配吗?"

小沃洛嘉烦恼地皱起眉头,说:

"为什么您忽然需要起科学来了?也许您还需要宪法吧?或者需要鲟鱼肉烧辣根?"

"哦,好吧,我是个一无可取、渺小庸俗、品行不端、浅薄愚蠢的女人。……我干过许许多多错事,我心理变态,道德败坏,我活该受到轻视。可是话得说回来,您,沃洛嘉,年纪比我大十岁,我的丈夫比我大三十岁。我是在你们眼前长大的,要是你们乐意,你们就可以随意把我培养成任什么样的人,哪怕培养成天使也未尝办不到。可是你们……"她的嗓音颤抖了,"这么可怕地对待我。亚吉奇年纪老了却跟我结婚,您呢……"

"哎,得了,得了,"沃洛嘉说,坐近一点,吻她的双手,"让叔本华①去谈哲学,去证明他要证明的事吧,我们呢,还是来吻这两只小手的好。"

"您看不起我,但愿您能知道我为这种态度多么难过才好!"她迟疑地说,事先就知道他不会相信她的话,"但愿您知道我多么希望变个样子,开始过一种新的生活!我一想到这里就十分兴奋,"她说,果然兴奋得流下泪来,"我想做一个诚实纯洁的好人,不作假,

---

① 叔本华(1788—1860),德国唯心主义哲学家,唯意志论者。

有生活目标。"

"行了,行了,行了,劳驾,别装腔作势了!我不喜欢这样!"沃洛嘉说,脸上现出不痛快的神情,"说真的,这简直像是演戏了。我们还是做普通人的好。"

她怕他生气走掉,就赶紧辩白,而且做出勉强的笑容来向他讨好,又讲起奥丽雅,讲到她一心想解决她的人生问题,开始做一个堂堂正正的人。

"砰的……一声……响……"他低声唱起来,"砰的……一声……响……"

猛然间,他搂住她的腰。她自己也不知道自己在做什么,把两只手放在他的肩膀上,一时间痴迷地,仿佛在雾里似的,瞧着他那张聪明而讥诮的脸、额头、眼睛、漂亮的胡子。……

"你自己早就知道我爱你,"她对他承认道,痛苦地脸红了,甚至感到她的嘴唇由于羞耻而抽搐起来,"我爱你。可是你为什么折磨我呢?"

她闭上眼睛,热烈地吻他的嘴唇,吻了大约有一分钟之久。虽然她知道这不正派,连他都会指责她,而且可能有使女走进来,不过她无论如何也没法结束这一吻。……

"啊,你在怎样折磨我呀!"她又说一遍。

过了半个钟头,他得到他所需要的一切以后,在饭厅里坐下来吃东西。她跪在他面前,贪婪地瞧着他的脸。他就对她说,她活像一条小狗,等着人家丢给它一小块火腿吃。后来他叫她坐在他的膝头上,拿她当小娃娃似的摇来摇去,嘴里唱着:

"砰的……一声……响!"

临到他准备告辞,她就用热烈的口气问他:

"什么时候?今天吗?在什么地方?"

她伸出两只手凑到他的嘴边,好像要用手去抓住他的答话似的。

"今天恐怕不方便了,"他沉吟一下说,"明天也许行。"

他们就分手了。午饭前,索菲雅·利沃芙娜坐上雪橇到修道院里去找奥丽雅,可是到了那边,人家告诉她说奥丽雅外出为死人念赞美诗去了。她从修道院里出来,又坐上雪橇去找她父亲,也没在他家里碰到他,然后她就换一辆雪橇,毫无目的地串大街,走小巷,照这样坐车一直游逛到傍晚。不知什么缘故,她老是想起她那脸上带着泪痕、坐立不安的姑母。

到晚上,他们又坐上三套马的雪橇,到城郊饭店里去听茨冈人唱歌。当他们再次路过修道院的时候,索菲雅·利沃芙娜想起奥丽雅,不由得心惊肉跳,因为她思忖,对她这个圈子里的姑娘和女人来说,除了坐着三套马的车子不停地逛荡,说谎,或者索性进修道院去扑灭生机以外,就没有别的出路了。……第二天索菲雅·利沃芙娜去赴幽会,然后又孤身一人坐在街头的雪橇上跑遍全城,心里想着她的姑母。

过了一个星期,小沃洛嘉把她丢开了。这以后生活又照原样进行,仍旧那么没趣味,无聊,有时候甚至痛苦。上校和小沃洛嘉打很久的台球和"辟开",莉达懒洋洋地、乏味地讲那些掌故,索菲雅·利沃芙娜老是坐着街头的雪橇游逛,或者要求她丈夫带她坐着三套马的雪橇去兜风。

她几乎每天都到修道院去,惹得奥丽雅厌烦了。她对奥丽雅诉说自己难以忍受的痛苦,哭哭啼啼,同时又感到她一走进修道院,就随身带进一种不洁、可怜、陈腐的东西。奥丽雅呢,老是用背书的腔调不动感情地对她说:这些都没关系,一切都会过去,上帝会宽恕她的。

精 神 错 乱

一

一天傍晚,医科学生迈尔和莫斯科绘画雕塑建筑专科学校学生雷布尼科夫,去看他们的朋友,法律系学生瓦西里耶夫,邀他跟他们一块儿去逛 C 街。瓦西里耶夫起初很久不肯答应,可是后来穿上大衣,随他们一起走了。

关于堕落的女人,瓦西里耶夫知道得很少,只听别人说起过或者从书本上看到过,至于她们居住的房子,他有生以来一次也没有去过。他知道人间有些不道德的女人,在不幸的景况,例如环境、不良的教育、贫穷等压力下不得不出卖自己的名誉去换钱。她们没有体验过纯洁的爱情,她们没有儿女,她们享受不到公民的权利。她们的母亲和姐妹为她们痛哭,仿佛她们已经死了似的。科学鄙弃她们,把她们看成坏人,男人用"你"称呼她们。可是尽管这样,她们却没有丧失上帝的形象①。她们都体会到自己的罪恶,希望得救,凡是可以使她们得救的办法,她们总是尽心竭力去做。固然,社会不会原谅人们的过去,但是在上帝的眼里,埃及的圣徒马利亚②并不比别的圣徒低下。每逢瓦西里耶夫在街上凭装束或神态认出一个堕落的女人来,或者在幽默刊物上看到对那种女人的描写,他就总是想起以前在书上读过的一个故事:一个青年男子,心地纯

---

① 《旧约·创世记》载:"我们要照着我们的形象,按着我们的样式造人,……"这句话的意思是:她们仍旧是人。
② 指耶稣所宽恕的一个荡妇,见《新约·路加福音》第七章。

洁,富于自我牺牲的热情,爱上一个堕落的女人,请求她做他的妻子,可是她觉得自己不配享受这种幸福,就服毒自尽了。

瓦西里耶夫住在特威尔斯科依大街上一条小巷子里。他跟两个朋友一块儿走出家门的时候将近十一点钟。不久以前下过今年第一场雪,大自然的一切给这场新雪盖没了。空气里弥漫着雪的气味,脚底下的雪微微地咯吱咯吱响。地面、房顶、树木、大街两旁的长凳,都那么柔软、洁白、清新,这使得那些房屋看上去跟昨天不一样了。街灯照得更亮,空气也更清澈,马车的辘辘声更加响亮。在新鲜、轻松、冷冽的空气里,人的灵魂也不禁迸发出一种跟那洁白松软的新雪相近的感情。

"一种不可知的力量呀,"医科学生用他那好听的男中音唱起来,"违背我的本心把我领到这凄凉的河岸……"①

---

① 达尔戈梅斯基的歌剧《美人鱼》中公爵的咏叹调。

"看那磨坊呀……"艺术家接着他的歌声唱起来,"它已经坍塌……"

"看那磨坊呀……它已经坍塌……"医科学生重复唱道,拧起眉毛,悲凉地摇头。

他停住唱,用手擦了擦脑门子,想一想下面的歌词,然后又大声唱起来,声音那么好听,招得街上的行人都回过头来看他:

从前我自由自在,

在这儿有过自由的恋爱……

这三个人走进一家饭馆,没脱大衣,靠着柜台各自喝了两杯白酒。瓦西里耶夫喝第二杯以前,发现自己的酒杯里有一点软木塞的碎屑,就把杯子举到眼睛跟前,眯起他那近视的眼睛看了很久。医科学生不明白他这种表情,就说:

"喂,你瞧什么?劳驾,别想大道理。白酒是给我们喝的,鲟鱼是给我们吃的,女人是给我们玩的,雪是给我们踩的。至少让我们照普通人那样生活一个傍晚吧！"

"可是我什么话也没说啊……"瓦西里耶夫笑着说,"难道我不肯去吗？"

喝了白酒,他胸中发热。他带着温情看他的朋友,欣赏他们,羡慕他们。这两个健康、强壮、快活的人多么平静自若,他们的精神和灵魂多么完整而又洒脱啊！他们爱唱歌,喜欢看戏,能画画儿,健谈,酒量大,而且喝完酒以后第二天不会头痛。他们又风雅又放荡,又温柔又大胆。他们能工作,也能愤慨,而且会无缘无故哈哈大笑,说荒唐话。他们热烈,诚实,能够自我牺牲,作为人来说,他们在各方面都不比他瓦西里耶夫差。他自己却每走一步路,每讲一句话都顾虑重重,多疑,慎重,随时把小事情看成大问题。他希望至少有一个晚上能够照他的朋友那样无拘无束、摆脱自己的羁绊才好。需要喝白酒吗？他要喝,即使第二天他会头痛得裂开也不管。他们拉他到女人身边去吗？那他就去。他会嘻嘻哈哈,打打闹闹,快活地招呼过路的行人……

他笑着走出饭馆。他喜欢他的朋友戴一顶揉皱的宽边呢帽,做出艺术家不修边幅的神气;另外一个戴着一顶海狗皮的鸭舌帽,他并不穷,却故意装成有学问的名士派的模样。他喜欢雪,喜欢街灯的苍白亮光,喜欢行人的鞋底在新雪上留下的清楚而乌黑的脚印。他喜欢那种空气,特别是空气中那种清澄的、温柔的、纯朴的、仿佛处女样的情调,这种情调在大自然中一年只能见到两次,那是在大雪盖没万物的时候和春季晴朗的白昼或者月夜河中冰面崩裂的时候。

"一种不可知的力量呀,"他低声唱着,"违背我的本心把我领到这凄凉的河岸……"

不知什么缘故,这几句歌词一路上没有离开他和他朋友的舌头,他们三个人信口唱着,彼此的歌声却又合不上拍子。

瓦西里耶夫的脑海里正在想象大约十分钟以后他

和他的朋友们怎样敲门,怎样溜进小小的黑暗的过道和房间,悄然走到女人身边去,他自己怎样利用黑暗划一根火柴,于是忽然眼前一亮,看见一张受苦的脸和一副惭愧的笑容。那个身世不明的女人也许生着金发,也许生着黑发,不过她的头发一定披散着,她多半穿一件白睡衣。她见了亮光吓一跳,窘得不得了,说:"我的天呐!您这是干什么呀?吹灭它!"那情形可怕得很,不过倒也新奇有趣。

二

几个朋友从特鲁勃诺依广场拐弯,走上格拉切夫卡大街,便很快走进一条巷子,那条巷子瓦西里耶夫只闻其名,却没有来过。他看见两长排房子,窗户里灯火辉煌,大门洞开,还听见钢琴和提琴的欢畅乐声从各个门口飘出来,混成一片奇怪的嘈杂声,仿佛在黑暗中有一个目力看不见的乐队正在房顶上调弦似的。瓦西里

耶夫不由得吃了一惊,说:

"妓院好多呀!"

"这算得了什么!"医科学生说,"在伦敦比这儿多十倍呢。那儿总有十来万这种女人。"

马车夫安静而冷漠地坐在车座上,跟所有巷子里的车夫一样。两旁人行道上的行人也跟别的巷子里的行人一样。谁也不慌张,谁也不竖起衣领来遮挡自己的脸,谁也不带着责备的神情摇头……这种无所谓的态度、钢琴和提琴的杂乱声、明亮的窗口、敞开的大门,使人感到一种毫不掩饰、无所顾忌、厚颜无耻、大胆放肆的味道。大概古代奴隶市场上也是这么欢畅嘈杂,人们的脸容和步态也这么淡漠吧。

"我们从开始的地方开始吧。"艺术家说。

几个朋友走进一个窄过道,过道里点着一盏反光灯,照得很亮。他们推开门,就有一个穿黑礼服的男子,懒洋洋地从前厅一张黄色长沙发那儿站起来,他睡眼惺忪,脸上的胡子没刮,像个仆役模样。这地方有洗衣房的气味,另外还有酸醋的气味。穿堂里有一扇门通向一个灯火明亮的房间。医科学生和艺术家在门口站住,伸出脖子一齐往房间里瞧。

"Buona sera, signori, rigolletto – hugenotti – traviata!"①艺术家开口了,还照戏台上的动作脱帽行礼。

"Havanna–tarakano–pistoleto!"②医科学生说,把帽子贴紧胸口,深深一鞠躬。

瓦西里耶夫站在他们后面。他原想也跟演戏那样脱帽行礼,说点胡闹的话,可是他只能笑一笑,而且感到一种跟害臊差不多的困窘,焦急地等着看这以后会发生什么事。门口出现一个十七八岁的金发小姑娘,头发剪得短短的,穿一件短短的淡蓝色连衣裙,胸前用白丝带打了个花结。

"你们干吗站在门口?"她说,"脱掉大衣,上客厅

---

① 意大利语:开头几个词的意思是:晚安,先生们。其余的词是含糊地模仿歌剧台词开玩笑。
② 意大利语:是对歌剧台词的含糊的模仿。

里来啊。"

医科学生和艺术家一面仍旧讲着意大利语,一面走进客厅。瓦西里耶夫迟疑不决地随着他们走进去。

"诸位先生,脱掉大衣!"仆役厉声说,"不能穿着大衣进去。"

客厅里除了金发姑娘以外还有一个女人,长得又高又胖,裸露着手臂,生着不是俄罗斯人的脸相。她在钢琴旁边坐着,膝头上摊着纸牌,在摆牌阵。她理也不理那几位客人。

"别的姑娘在哪儿?"医科学生问。

"她们在喝茶,"金发姑娘说,"斯捷潘,"她喊了一声,"去告诉那些小姐,说有几位大学生来了!"

过了不大工夫,又有一个姑娘走进客厅里来。她穿一件有蓝条纹的鲜红色连衣裙,脸上不高明地涂着厚厚一层粉,额头给头发遮住,眼睛一眨也不眨地瞪着,带着惊恐的神情。她一进门,立刻用粗嘎而有劲的低声唱起一支歌来。随后,又来了一个姑娘,接着,又来了一个……

这一切,瓦西里耶夫看不出有什么新奇有趣的地方。他觉得这个客厅、这架钢琴、这镶了廉价镀金框子的镜子、这花结、这一身有蓝条子的连衣裙、这些麻木而淡漠的脸,他仿佛早已在什么地方见过,而且见过不止一次似的。至于那种黑暗、那种寂静、那种神秘、那种惭愧的笑容,他原先预料会在这儿看到并使他惊恐的种种东西却连影子也没有。

样样东西都平常、枯燥、无味。只有一件事微微挑动他的好奇心,那就是可以在檐板上、荒唐的画片上、衣服上、花结上看到的仿佛故意想出来的俗气。这种俗气自有它的特色,与众不同。

"这一切是多么贫乏和愚蠢啊!"瓦西里耶夫想,"我眼前所看见的这些无聊现象有什么力量能够诱惑一个正常的人,惹得他去犯那种可怕的罪,用一个卢布买一个活人呢?为了光彩、美、风雅、激情、爱好而犯罪,我倒能够了解,可是这儿到底有什么呢?人们在这儿究竟为了什么而犯罪呢？不过……我不必再想下去了！"

"大胡子,请我喝一杯黑啤酒！"金发姑娘对他说。

瓦西里耶夫立刻窘了。

"遵命……"他说,很有礼貌地一鞠躬,"不过,小姐,请原谅,我……我不能奉陪。我不喝酒。"

过了大约五分钟,几个朋友走出门,上别家去了。

"喂,为什么你刚才要黑啤酒？"医科学生气愤地说,"好一个财主！你无缘无故白白扔掉了六个卢布！"

"既然她要喝,那为什么不可以顺顺她的心呢？"瓦西里耶夫辩白说。

"你不是顺她的心,倒顺了老鸨的心。那是老鸨吩咐她们,叫她们要客人请客的,沾光的是老鸨。"

"看那磨坊啊……"艺术家唱起来,"它已经坍塌……"

走进第二家的门,几个朋友只在前堂站了一会儿,没有走进客厅。这儿跟第一家一样,也有个穿黑礼服的男子,睡眼惺忪,像仆役的模样,从前堂里长沙发上站起来。瓦西里耶夫瞧着仆役,瞧着他的脸和他那身旧礼服,暗想:"一个普普通通的俄国老百姓,在命运把他扔到这儿来当仆役之前,他该尝到过多少辛酸呀!他原先住在哪儿,是干什么的?他以后会落到什么下场呢?他结过婚没有?他母亲在哪儿?她知道他在这儿做仆役吗?"瓦西里耶夫从此每到一家妓院就不由自主地首先注意仆役。在一家妓院里(算起来大概是第四家),有一个矮小干瘪、身体衰弱的仆役,坎肩上挂着一串表链。他正在看一份"小报",他们走进门,他也没理会。不知什么缘故,瓦西里耶夫看着他的脸,就觉得一个有着这种脸的人一定会偷东西,杀人,做假见证。那张脸也真是有趣:宽额头,灰眼睛,扁鼻子,闭紧的薄嘴唇,神情呆板而又蛮横,就跟一只在追野兔的小猎狗一样。瓦西里耶夫暗想:最好摸一摸这个仆役的头发,看看究竟是硬的,还是软的。它一定跟狗毛那么硬吧。

三

艺术家喝下两杯黑啤酒,忽然有点醉意,活泼得反常。

"我们再走一家!"他两手来回摆动,命令道,"我要带你们到顶上等的一家妓院去。"

他带着朋友走进在他心目中算是顶上等的一家妓院以后,就坚决表示要跳卡德里尔舞。医科学生嘟嘟哝哝,说是这样就得给乐师一个卢布,不过后来他总算答应一起跳了。他们就跳起舞来。

顶上等的妓院跟顶下等的妓院一样糟。这儿也有那种镜子和画片,也有那样的发式和连衣裙。看着房间里的布置和女人身上的衣裳,瓦西里耶夫这才明白过来:这并不是俗气,而是一种可以说是 C 街独有、别处绝找不到的趣味乃至风尚,一种不是出于偶然,而是历年养成、在丑恶方面十分完备的东西。走完八家以后,他看着衣服的花色、长衣裾、鲜艳的花结、水兵式的女装、脸上浓得发紫的胭脂,就再也不觉得奇怪了。他明白这儿的一切非这样不可,万一有个女人打扮得像个普通人,或者万一墙上挂着一幅雅致的画片,那么整条街的总情调反倒会给破坏了。

"她们多么不善于卖笑啊!"他想,"难道她们不明白坏事只有在显得很美、藏起本相的时候,在披着美德的外衣的时候,才能迷人吗?朴素的黑衣服、苍白的脸、凄凉的浅笑、黑暗的房间,比这种粗俗的浓艳强得多。愚蠢啊!就算她们自己不明白这层道理,她们的客人也总该教会她们才是……"

一个姑娘穿着波兰式的衣服,边上镶着白毛皮,走到他跟前来,在他身旁坐下。

"可爱的黑发男子,您为什么不跳舞啊?"她问,"您为什么这么烦闷呢?"

"是因为无聊。"

出　诊　集

"请我喝点拉斐特酒①吧。那您就不会觉得无聊了。"

瓦西里耶夫没答话。他沉默了一会儿,然后问:

"您几点睡觉?"

"早晨六点钟。"

"那么什么时候起床?"

"有时候两点钟,有时候三点钟。"

"你们起来以后,干些什么事呢?"

"喝咖啡,到六点多钟吃饭。"

"吃些什么呢?"

"平平常常……总是肉汤啦,白菜汤啦,煎牛排啦,甜点心啦。我们的老板娘待姑娘们挺好。可是您问这些事做什么?"

"哦,随便问问罢了……"

瓦西里耶夫很想跟这姑娘谈许多事情。他生出强

---

① 法国拉斐特地方产的一种红葡萄酒。

烈的愿望,想弄明白她是哪儿人,她父母在不在世,他们是不是知道她在这儿,她怎样到这妓院里来的,她究竟是快活而满足呢,还是满脑子黯淡的思想而悲伤郁闷。她日后是不是打算跳出她目前的处境……可是他怎么也想不出该从什么地方讲起,也想不出该用怎样的方式提出问题来才不致唐突她。他想了很久才问:

"您多大岁数?"

"八十了。"少女打趣说,瞧着艺术家跳舞时候手脚做出来的怪相笑起来。

忽然间,不知为了什么事,她哈哈大笑,说了一句很长的轻狂话,声音响得很,人人都听得见。瓦西里耶夫大吃一惊,不知道该让自己的脸做出什么表情来才好,勉强地笑一笑。只有他一个人微笑,别人呢,他的朋友也好,乐师也好,女人们也好,连看也没看坐在他旁边的姑娘一眼,仿佛根本没听见她的话似的。

"请我喝点拉斐特酒吧!"他的邻座又说。

瓦西里耶夫觉得她的白毛皮边和她的嗓音讨厌,

就从她身边走开了。他感到又热又闷,他的心开始跳得挺慢,可是很猛,就跟锤子敲击似的:一!二!三!

"我们走吧!"他拉拉艺术家的袖子说。

"等一会儿,让我跳完舞再说。"

艺术家和医科学生快要跳完卡德里尔舞,瓦西里耶夫为了不再看那些女人,就观察乐师们。一个仪表优雅、戴着眼镜、面貌很像巴赞元帅①的老人正在弹钢琴。一个青年留着淡褐色的胡子,穿着顶时髦的衣服,在拉提琴。那青年的脸容并不愚蠢,也不枯瘦,而且正好相反,聪明,年轻,鲜嫩。他的装束讲究,而且风雅,他的提琴也拉得很有感情。这就来了一个问题:他和那位仪表优雅的老人怎么会到这儿来的呢?他们坐在这地方怎么会不害臊呢?他们瞧着那些女人会有什么感想呢?

要是那架钢琴和那把提琴是由两个衣衫褴褛、饿

---

① 巴赞(1811—1888),法国元帅。——俄文本编者注

得发慌、闷闷不乐、喝醉了酒、脸容愚蠢或枯瘦的人弹奏,那么他们在这儿出现也许还容易理解。照目前这种情形,瓦西里耶夫却没法理解了。他想起从前读过的关于堕落的女人的故事,他如今却发现那个带着惭愧的笑容的人的形象跟他眼前所看见的人没有任何共同之处。他觉得自己看见的仿佛不是堕落的女人,却像是属于另一个完全独特的世界里的人,那世界对他来说既陌生又不易理解,要是以前他在戏院的舞台上看到这个世界,或者在书本里读到这个世界,他一定不会相信……

那个衣服上镶着白毛皮的女人又扬声大笑,高声说了一句难听的话。一种嫌恶的感觉抓住他。他脸红了,走出房间去。

"等一会儿,我们一起走!"艺术家对他喊道。

四

"方才我们跳舞的时候,"医科学生说,这时候他们三个人已经走出来,到了街上,"我跟我的舞伴攀谈了一阵。我们谈的是她第一回恋爱。他,那位英雄,是斯摩棱斯克城的会计,家里有妻子和五个孩子。那时候她才十七岁,跟爹妈住在一块儿,她爹卖肥皂和蜡烛。"

"他是用什么来征服她的心的?"瓦西里耶夫问。

"他花了五十个卢布替她买了内衣。鬼才知道是怎么回事!"

"这样看来,他倒会从他舞伴那儿打听出她的恋爱史来,"瓦西里耶夫想到医科学生,"可是我却不会……"

"诸位先生,我要回家去了!"他说。

"为什么?"

"因为我在这种地方不知道该怎样应付才好。而且我觉得无聊、厌恶。这儿有什么可以叫人快活的呢？要是她们是人，倒也罢了，可是她们是野人，是动物。我要走了。你们呢，随你们的便好了。"

"别这样，格里沙①，格里戈里，好人……"艺术家苦苦哀求道，缠住瓦西里耶夫，"来吧！我们再去逛一家，然后就滚它的！……求求你！格里沙！"

他们劝得瓦西里耶夫回心转意，领他走上楼梯。那地毯、镀金的栏杆、开门的守门人、装饰前堂的彩画墙面，处处都使人感到 C 街的风尚，不过更加完备，更加壮观罢了。

"真的，我要回家去！"瓦西里耶夫一面说，一面脱大衣。

"得了，得了，老兄……"艺术家说，吻他的脖子，"别耍脾气……格里戈里，做个好朋友！我们一块儿

---

① 格里沙是格里戈里的小名。

来的,我们也一块儿走。你这个人也真不近人情。"

"我可以到街上去等你们。真的!我觉得这种地方讨厌!"

"得了,得了,格里沙……既是这种地方讨厌,那你就从旁观察一下吧!你明白吗?观察一下!"

"一个人总得客观地考察万物才行。"医科学生严肃地说。

瓦西里耶夫走进客厅,坐下来。房间里除了他和他的朋友以外,还有许多客人:两个步兵军官,一个秃顶、白发、戴金边眼镜的绅士,两个测量学院的未长须的青年学生,一个醉醺醺的、有着演员脸相的男子。所有的姑娘全跟那些客人做伴去了,理也不理瓦西里耶夫。只有一个穿着à la Aida①的衣服的姑娘斜起眼看了看他,不知因为什么缘故笑了笑,打着呵欠说:

"来了个黑发男子……"

---

① 法语:阿依达式。阿依达是歌剧《阿依达》的女主人公,原是埃塞俄比亚公主,后被埃及所俘。

瓦西里耶夫心跳起来,脸上发烧。他一方面在这些客人面前觉得害臊,一方面感到腻味和苦恼。他脑子里老是有一个念头煎熬着他:他,一个正派的、热情的人(他至今认为自己是这样的人),却憎恨这些女人,对她们除了厌恶之外再也没有别的感觉。他既不怜悯这些女人,也不怜悯那些乐师和那些仆役。

"这是因为我没有努力去了解她们的缘故,"他想,"与其说她们像人,不如说像动物,不过话说回来,她们仍旧是人,她们有灵魂。先得了解她们,然后才能下判断……"

"格里沙,别走,等等我们!"艺术家朝他喊了这么一句,就不知到哪儿去了。

医科学生不久也不见了。

"对了,得努力了解一下才行。这样是不行的……"瓦西里耶夫接着想下去。

他开始紧张地注意每个女人的脸,寻找惭愧的笑容。可是,要么他不善于考察她们的脸,要么这些女人没有一个觉得惭愧,总之,他在每张脸上看见的只有那呆板的表情:那种日常的庸俗的烦闷和满足。愚蠢的眼睛,愚蠢的笑容,愚蠢刺耳的语声,无耻的动作,此外就没有别的了。大概她们过去都有一段风流韵事,对象是个会计,起因是五十卢布的内衣,而目前呢,她们在生活里没有别的乐趣,只求有咖啡喝,有三道菜的午饭吃,有酒喝,有卡德里尔舞跳,能够睡到下午两点钟……就行了。

既然一点也看不到惭愧的笑容,瓦西里耶夫就寻找有没有一张清醒明白的脸。他的注意力落在一张苍白的、有点困倦的、无精打采的脸上……那是一个黑发女人,年纪不算很轻了,穿一身亮闪闪的衣服。她坐在一把安乐椅上,瞧着地板想心事。瓦西里耶夫从房间这一头走到那一头,仿佛无意中在她身旁坐下来。

"我得先说些俗套头,"他想,"然后再转到严肃的问题上……"

"您穿的这身衣服好漂亮!"他说,用手指头摸了摸她那三角头巾上的金线穗子。

"哦,真的吗……"黑发女人无精打采地说。

"您是哪儿人?"

"我?远得很……切尔尼戈夫省人。"

"好地方。那地方好得很。"

"不管什么地方,只要我们不在那儿,就会觉着它好。"

"可惜我不会形容大自然,"瓦西里耶夫想,"要是我会形容一下切尔尼戈夫的风景,就说不定会打动她的心。没问题,那地方既是她的家乡,她一定爱那地方。"

"您在这儿觉得烦闷吗?"

"当然,无聊得很。"

"您既然觉得无聊,为什么不离开这儿呢?"

"我上哪儿去呢?去要饭吗?"

"就是要饭也比在这儿过活轻松得多。"

"这您是怎么知道的?您要过饭吗?"

"对了,从前我没钱交学费的时候,四处告帮来着。即使我没要过饭,这层道理是十分明白的。叫化子不管怎样总算是个自由人,您却是个奴隶。"

黑发女人伸了个懒腰,把困倦的眼睛转过去瞧着仆役,他正托着一个盘子,盘子上摆着玻璃杯和矿泉水。

"请我喝一杯黑啤酒吧。"她说,又打了个呵欠。

"黑啤酒……"瓦西里耶夫想,"万一你的弟兄或母亲这当儿走进来,你会怎样?那你会怎么说?他们又会怎么说?我看,那会儿才该要一杯黑啤酒呢……"

忽然传来了哭泣的声音。从仆役端着矿泉水走进去的那个隔壁房间里,很快地走出一个金发男子,满脸通红,瞪着气呼呼的眼睛。他身后跟着高大肥胖的鸨母,尖着嗓子嚷道:

"谁也不准许您打姑娘的嘴巴!我们招待过身份比你高得多的客人,他们都不动手打人!骗子!"

人声喧哗。瓦西里耶夫心里害怕,脸色发白。隔壁房间里有人号啕痛哭,哭得那么伤心,受了欺凌的人就是这样哭的。他这才领会到,在这儿生活的确实是人,真正的人,她们跟别处的人一样也会觉得受委屈,难过,哭泣,求救……原本那种沉重的憎恨和厌恶的感觉就变成深切的怜悯和对打人者的气愤。他跑进有哭声的房里去。隔着一张桌子,隔着大理石桌面上摆着的好几排酒瓶,他看见一张痛苦的、沾着泪痕的脸,他就朝那张脸伸过手去,还朝桌子迈进一步,可是立刻又害怕地退回来。原来那哭泣的女人喝醉了酒。

人们围着那个金发男子,瓦西里耶夫却从这闹嚷嚷的人群中挤出来,心灰意懒,战战兢兢,跟孩子似的,他觉得这个陌生的、他所不能理解的世界里的人仿佛要追他,打他,拿下流话骂他似的……他从挂衣钩上摘下他的大衣,一口气跑下楼去了。

五

他站在妓院附近,倚着一道围墙,等他的朋友们出来。钢琴和提琴的声音欢畅,放纵,撒野,悲伤,在空中合成一片杂音,这混乱的声音跟先前一样,好像是黑暗里房顶上有个肉眼看不见的乐队在调弦。要是抬头往黑暗里看一眼,那么整个漆黑的背景上布满活动着的白点:天在下雪。雪片落进灯光照到的地方,就在空中懒洋洋地飘飞,跟羽毛一样,而且更加懒洋洋地落到地下。在瓦西里耶夫的四周,细雪成团地旋转,落在他的胡子上,眉毛上,睫毛上……马车夫、马、行人全变白了。

"雪怎么会落到这条巷子里来!"瓦西里耶夫想,"这些该死的妓院!"

他的腿因为方才跑下楼梯而累得发软。他喘着气,仿佛在爬山似的。他的心跳得那么响,连他自己也

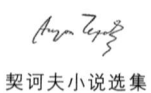

听得见。他给一种欲望煎熬着,打算赶快走出这条巷子,回家去,可是另外还有一种欲望比这欲望更强烈,那就是一心要等着他的朋友出来,好把自己的沉重感觉向他们发泄一下。

这些妓院里有许多事情他弄不懂,那些沉沦的女人的灵魂对他来说仍旧跟从前一样神秘,不过他现在才明白这儿的情形比可能设想的还要糟得多。要是那个服毒自尽的、自觉有罪的女人叫做堕落的女人,那么要想给眼前这些随着杂乱的乐声跳舞、说出一长串下流话的女人起一个恰当的名字就难了。她们不是正在毁灭,而是已经毁灭了。

"这儿在干着坏事,"他想,"然而犯罪的感觉却没有,求救的希望也没有。人们卖她们,买她们,把她们泡在酒里,叫她们染上种种恶习,她们呢,跟绵羊似的糊里糊涂,满不在乎,什么也不懂,我的上帝啊!我的上帝啊!"

他也明白,凡是叫做人的尊严、人格、上帝的形象的一切,在这里都受到彻底的玷污,用醉汉的话来说,就是"整个儿垮了",这是不能单单由这条巷子和麻木的女人负责的。

一群大学生走过他面前,周身沾满白雪,快活地说说笑笑。其中有一个又高又瘦的学生站定下来,瞧一眼瓦西里耶夫的脸,用醉醺醺的声音说:

"咱们是同行!喝醉了,老兄?对不对,老兄?没什么,去痛快一下!走!别垂头丧气,好小子!"

他抓住瓦西里耶夫的肩头,把自己的又冷又湿的小胡子凑到他脸上,然后脚下一滑,身子摇摇晃晃,摇着两只手说:

"站稳,别摔跟头!"

他笑起来,跑着追他的同伴去了。

从嘈杂的声音里,传来了艺术家的声音:

"不准你们打女人!我不准,真该死!你们这些流氓!"

门口出现了医科学生。他往四下里张望,一眼看

见瓦西里耶夫,就用激动的声调说:

"原来你在这儿!听我说,真的,简直不能跟叶戈尔一块儿出来玩!他是什么玩意儿,我简直不懂!他又闹出乱子来了!你听见没有?叶戈尔!"他朝着门里喊叫,"叶戈尔!"

"我不准你们打女人!"艺术家的尖嗓音从上面传下来。

不知什么又笨又重的东西从楼梯上往下滚。原来是艺术家从楼上摔下来了。他分明是给人推下楼来的。

他从地上爬起来,挥着帽子,现出恶狠狠的愤慨的脸相,伸出拳头朝楼上挥舞着,嚷道:

"流氓!狠心的家伙!吸血鬼!我不准你们打女人!居然打喝醉酒的弱女子!哼,你们……"

"叶戈尔,……得了,叶戈尔,……"医科学生开始央求他,"我拿人格向你担保,我下次再也不跟你一块儿出来玩了。我拿人格担保,一定!"

艺术家渐渐平静下来,几个朋友往回家的路上走去。

"一种不可知的力量啊,"医科学生唱着,"违背我的本心把我领到这凄凉的河岸……"

"'看那磨坊啊……'"过一会儿艺术家接着唱起来,"'现在它已经坍塌……'好大的雪啊,圣母!格里沙,刚才你为什么走了?你是个胆小鬼,娘们儿,就是这么的。"

瓦西里耶夫在朋友身后走着,瞧着他们的后背,心里暗想:

"二者必居其一:要么我们只是觉着卖淫是坏事,其实我们把它夸张了;要么卖淫真跟大家所认定的那样是件天大的坏事,那我这些好朋友就跟《田地》①上面所画的叙利亚和开罗的居民们那样,成了奴隶主、暴徒、杀人犯。眼下他们在唱歌,大笑,讲得头头是道,可

---

① 旧俄时代一种风行的画报。

是方才他们岂不是利用别人的饥饿、无知、麻木来满足自己的私欲吗?他们的确是那样,我自己就是见证人。他们的人道、他们的医学、他们的绘画,有什么用处?这些凶手的科学、艺术、高尚的感情使我想起一个故事里的猪油。有两个土匪,在树林里杀死一个叫化子,开始瓜分他的衣服,却在他的讨饭袋里找到一块猪油。'巧得很,'一个土匪说,'让我们来吃掉它吧。''你这是什么话?怎么能做这种事呢?'另一个惊慌地叫道,'难道你忘了今天是星期三吗?'他们就都没有吃。他们杀了人,走出树林,同时相信自己是严格的持斋者。同样,这两个人花钱买了女人以后,扬长而去,现在还自以为是艺术家和科学家呢⋯⋯"

"听着,你们!"他尖刻而气愤地说,"你们为什么上这种地方来?难道,难道你们就不明白这种事有多么可怕?你们的医学说:这些女人个个都会害肺痨病或者什么别的病而提早死亡。艺术说:在精神方面她们死得更早些。她们每个人都因为一生中平均要接五百个嫖客而死……姑且就算五百吧。她们每个人都是给五百个男人害死的。你们就在那五百个当中！那么,要是你们每个人一生当中在这儿或者别的同类地方逛过二百五十次,那就是你们两个人共同害死一个女人！难道你们不懂吗？难道这不可怕？你们两个、三个、五个,合起来害死一个愚蠢而饥饿的女人！啊,难道这不可怕？我的上帝啊！"

"我早就知道会有这样的结局,"艺术家皱着眉说,"我们真不该同这傻瓜和蠢材一块儿来！你当是这会儿你的脑子里生出了伟大的思想,伟大的观念吗？不对,鬼才知道你在想些什么,而决不是思想！这会儿你带着仇恨和憎恶瞧着我,可是依我看来,你与其这么瞧着我,还不如多开二十家妓院的好。你眼光里包含的恶比整个这条巷子里的恶还要多！走,沃洛佳,去他的！他是个傻瓜,蠢材,就是这么的……"

"我们人类总是自相残杀,"医科学生说,"当然,这是不道德的,可是你唱高调也还是没用啊。再会！"

在特鲁勃诺依广场上,这几个朋友告别,分手了。只剩下瓦西里耶夫一个人了,他就迅速地顺着林荫道走去。他害怕黑暗,害怕那大片大片地落下来、好像要盖没全世界的雪,害怕在雪雾中闪烁着微光的街灯。他的灵魂给一种没来由的、战战兢兢的恐怖占据了。偶尔有行人迎面走过来,而他却惊恐地躲开他们。他觉得仿佛有许多女人,光是女人,从四面八方走拢来,瞧着他……

"现在开头儿了,"他想,"我马上就要精神错乱了……"

六

在家里,他躺在床上,周身打抖,说道:

"活人!活人!我的上帝,她们是活人啊!"

他千方百计刺激他的想象,一会儿幻想自己是堕落的女人的弟兄,一会儿是她的父亲,一会儿又成了涂脂抹粉的堕落女人本身。这一切都使他满心害怕。

不知为什么,他觉得,不管怎样,他得立刻解决这个问题才行,他觉得这问题似乎不是别人的问题,而是他自己的问题。他费了不小的劲,克制绝望的情绪,在床上坐起来,双手捧着头,开始思索怎样才能拯救今天看到的那类女人。他是受过教育的人,解决各种问题的方法在他是很熟悉的。他虽然异常激动,却严格地遵守那种方法。他回想这个问题的历史和有关的文献,从房间的这一头走到那一头,走了这么一刻钟,极力回想现代为了拯救这类女人而进行过的种种实验。他有很多好心的朋友和熟人住在法尔茨费因公寓、加里亚希金公寓、涅恰耶夫公寓、叶奇金公寓里……他们当中有不少诚实、无私的人。其中有些人尝试过拯救这类女人的工作……

"这些为数不多的尝试,"瓦西里耶夫想,"可以分成三组。有些人从卖淫窟里把女人赎出来以后,替她租一个房间,给她买一架缝纫机,她便做起女裁缝来。

而且,不管他有心还是无意,总之,他花钱赎出她以后,就使她成了他的情妇,然后,等到大学毕业,他就走了,把她转交给另一个上流男子,仿佛她是一件东西似的。于是那堕落的女人仍旧是堕落的女人。还有些人呢,替她赎身以后,也给她租一个单独的房间,少不得也买上一架缝纫机,极力教她念书,对她讲宗教教义,给她买书看。这女人就住下来,觉得这事儿挺新鲜,乘一时的兴致踏起缝纫机来,可是随后就厌倦了,瞒着那个宣教士偷偷地接客,或者索性跑回可以睡到下午三点钟、喝到咖啡、吃到饱饭的地方去了。最后还有一种顶热心肠、顶肯自我牺牲的人,他们采取勇敢而又坚决的步骤。他们跟那些女人正式结婚。等到那厚颜无耻、娇生惯养或者愚蠢而受尽痛苦的动物做了妻子,主妇,后来又成了母亲,她的生活和她的人生观就整个儿翻了一个身,到后来在这妻子和母亲身上就很难认出原先那个堕落的女人了。对,结婚是最好的办法,也许还是唯一的办法。"

"可是不行!"瓦西里耶夫大声说,倒在床上,"首先我没法跟这样的女人结婚!要做那种事,人得是圣徒,不会憎恨,不懂什么叫厌恶才行。不过,姑且假定我、医科学生、艺术家能够克制自己,娶了她们,假定她们都给人娶去了,可是结果会怎样呢?结果会怎样呢?结果就会这样:一方面,在这儿,在莫斯科,她们给人娶去了,另一方面,在斯摩棱斯克,一个会计什么的又会糟蹋另一个姑娘,于是那姑娘会同从萨拉托夫、下诺夫戈罗德、华沙……等地来的姑娘一齐涌到这儿来补那些空缺。而且你拿伦敦那些成千成万的女人怎么办呢?你拿汉堡那些女人怎么办呢?"

煤油灯开始冒烟。瓦西里耶夫却没注意到。他又走来走去,还是在想心事。现在他换了一个方式提出问题:必须怎么办才能使得堕落的女人不再被人需要?为要达到这个目的,就得使那些买她们、害死她们的男人充分感到他们所扮的奴隶主角色是多么不道德,使他们不由得害怕才行。先得救男人。

"在这方面,艺术和科学显然没有什么用处……"瓦西里耶夫想,"唯一的办法就是传播教义。"

他就开始想象明天晚上他站在那条巷子的拐角,对每一个行人说:

"您上哪儿去?您去干什么?要存着敬畏上帝的心才行啊!"

他转过身去对那些冷漠的车夫说:

"你们为什么把车子停在这儿?你们怎么会不生气?你们怎么会不愤慨?你们总该信奉上帝,知道这种事有罪,人干了这种事会下地狱吧,那你们怎么一声不响呢?不错,你们跟她们无亲无故,不过要知道,她们也有父亲,有弟兄,跟你们一模一样啊……"

瓦西里耶夫的一个朋友曾经谈论瓦西里耶夫,说他是个有才能的人。有的人有写作的才能、演戏的才能、绘画的才能,可是他有一种特别的才能——博爱的才能。他对一切痛苦有敏锐的感觉。如同好演员总是在自己身上演出别人的动作和声音一样,瓦西里耶夫也善于在自己的灵魂里体会别人的痛苦。他看见别人哭泣,自己就流泪。他在病人身旁,就觉得自己也有病,呻吟起来。要是看到暴力,他就觉得暴力正在摧残自己,害怕得跟小孩似的,而且等到害怕过后总要跑过去搭救。别人的痛苦刺激他,使他激动,弄得他放不下,摆不开,等等。

这个朋友的话究竟对不对,我不知道,不过,当他以为他这个问题已经解决的时候,他的感觉却有点近似着魔。他又哭又笑,嘴里念出明天他要说的话,对那些肯听他的话、跟他一块儿站在街角上说教的人生出热爱来。他坐下来写信,暗自立下种种誓言……

这一切所以很像着魔,是因为这情形没维持很久。瓦西里耶夫不久就疲乏了。伦敦、汉堡、华沙那儿的无数女人压在他身上,就跟一座大山压着土地似的。他面对那许多女人不由得胆怯,心慌。他想起自己不善于言谈,想起自己又胆怯又腼腆,想起那些冷漠的人不见得愿意听他的话,了解他的话,因为他不过是个法律系三年级的学生，一个胆怯的小人物罢了，又想起真正的传教工作不仅在于用嘴说话，还在于动手实干……

天已经大亮，马车已经在街道上辘辘地响起来，瓦西里耶夫却一动也不动地躺在长沙发上，直着眼睛发呆。他不再想到女人，也不再想到男人，不再想到传教工作。他整个注意力已经转到折磨他的那种精神痛苦上去了。那是一种麻木的、空洞的、说不清楚的痛苦，既像是哀伤，又像是极端的恐怖，又像是绝望。他指得出来哪儿发痛：就在胸口，他的心底下。可是他又没法拿别样的痛苦与之相比。过去，他害过很厉害的牙痛，害过胸膜炎和神经痛，可是拿那些来跟这种精神痛苦相比，简直算不得什么。有了这种痛苦，生活也好像可憎了。学位论文、他已经写好的那篇出色的文章、他所热爱的那些人、对堕落的女人的拯救，总之昨天他还热爱或对之冷淡的一切。现在一想起来却跟车声、仆役的匆忙脚步声、白昼的阳光……一样刺激他。要是这时候有谁在他眼前做出一件天大的好事或者可恶的暴行,他会觉得那两种行为同样讨厌。在他的脑海里缓慢地游荡的种种思想里,只有两个思想不刺激他:一个是他随时有弄死自己的力量,还有一个是这痛苦不会超过三天,这后一个,他是凭经验知道的。

他躺了一会儿,站起来,绞着手,又在房间里走动,然而不是照往常那样从这个房角走到那个房角,却是顺着墙边兜圈子。他走过镜子,偶尔在镜子里照一照。他的脸苍白而消瘦,他的两个鬓角凹下去,他的眼睛又大又黑,一动也不动,仿佛是别人的眼睛似的,流露出不能忍受的精神痛苦的表情。

中午时分,艺术家来敲门。

"格里戈里,你在家吗?"他问。

他听不到答话,站了一会儿,沉吟一下,用乌克兰土话回答自己:

"不在。这个可恶的家伙必是上大学去了。"

他就走了。瓦西里耶夫在床上躺下来,把头塞在枕头底下,痛苦得哭起来,眼泪越流得畅,他的精神痛苦也变得越厉害。等到天黑下来,他想到在前面等着他的痛苦的夜晚,就满心是恐怖的绝望。他连忙穿好衣服,跑出房间,让房门敞开着,上街去了,没有必要,而且也没有目的。他没有问一问自己要上哪儿去,就顺着萨多夫大街很快地走下去。

雪跟昨天那样下得紧,那是解冻的时令。他把手拢在袖管里,周身发抖,听见车轮声、公共马车的铃声、行人的脚步声就害怕。瓦西里耶夫顺着萨多夫大街一直走到苏哈列夫塔,然后又走到红门,从那儿拐弯走到巴斯曼大街。他走进一家小酒馆,喝下一大杯白酒,可是那也没使他觉得畅快些。他走到拉兹古里亚,往右拐弯,走进一条以前从没来过的小巷子。他走到一座古老的桥边,桥下是水声喧哗的雅乌扎河,他站在桥头。可以看见红营房一长排窗子里的灯光。瓦西里耶夫一心想用新的感觉或者别的痛苦来摆脱他眼前的精神痛苦,可又不知道该怎么办才好,他哭泣着,颤抖着,解开大衣和上衣,露出赤裸的胸膛,迎着潮湿的雪和风。可是这也没减轻他的痛苦。随后,他凑着桥上的栏杆弯下腰,低头瞧着雅乌扎河漆黑的、滚滚的流水,很想一头栽下去,倒不是因为厌恶生活,也不是想自杀,却是打算至少叫自己受点伤,用这种痛苦来摆脱那种痛苦。可是漆黑的河水、黑暗的空间、铺着白雪的荒凉河岸,都可怕得很。他打了个冷战,往前走去。他沿着红营房走了一个来回,然后下坡,进了一个矮林,又从矮林回到桥上……

"不行,回家,回家去!"他想,"在家里似乎会好过点……"

他就往回走。他回到家,脱掉湿大衣和帽子,在房间里沿着墙边兜圈子,就这么不知疲倦地一直走到天亮。

七

第二天早晨艺术家和医科学生来看他,他正痛苦地呻吟着,在房间里跑个不停,衬衫已经撕碎,手也咬破了。

"看在上帝面上!"他一看见他的朋友就哭着说,"随你们爱上哪儿就带我上哪儿,你们认为该怎么办,就怎么办吧!只是看在上帝面上,快点救救我才好!我要弄死我自己了!"

艺术家脸色变白,慌了手脚。医科学生也差点哭起来,可是想到做医生的在生活里不论遇到什么事都应该冷静严肃,就冷冷地说:

"这是你神经出了毛病。可是不要紧。马上到大夫那儿去。"

"随你们怎么办好了,只是看在上帝面上,快点才好!"

"你不用发急,你得尽力控制自己才成。"

医科学生和艺术家伸出发抖的手替瓦西里耶夫穿好衣服,带他出去,到了街上。

"米哈依尔·谢尔盖伊奇早就想跟你认识了,"在路上医科学生说,"他是个很可爱的人,医道也高明得很。他是一八八二年毕业的,可是经验已经很丰富。他对待大学生就像对待同学那样。"

"赶快,赶快……"瓦西里耶夫催促道。

米哈依尔·谢尔盖伊奇是一个胖胖的金发医师,他接待这几位朋友时,半边脸微笑着,态度又客气,又庄严,又冷静。

"艺术家和迈尔已经跟我讲到过您的病,"他说,"很愿意为您效劳。怎么样?请坐吧……"

他让瓦西里耶夫在书桌旁边一把大圈椅上坐下,把一个烟盒送到他跟前。

"怎么样?"他开口说,摸着他的膝头,"我们来谈正事吧……您多大岁数?"

他提问题,医科学生回答那些问题。他问瓦西里耶夫的父亲害过什么特别的病没有,是不是常喝醉酒,有没有什么残酷的行为或者古怪的脾气。他又用同样的问题问到他祖父、母亲、姐妹、弟兄。他听到瓦西里

耶夫的母亲有很好听的歌喉,有时候还上台演戏,就忽然活泼起来,问:

"对不起,您可记得您母亲对舞台的兴趣浓不浓?"

大约二十分钟过去了。瓦西里耶夫讨厌那位医师一个劲儿摸他的膝头,老是讲那一套话。

"大夫,您那些问题,依我看来,"他说,"是想弄明白我的病有没有遗传性。"

医师又问瓦西里耶夫年轻时候干过什么秘密的坏事没有,脑袋受过伤没有,有没有什么爱好、怪癖、特别的嗜好。凡是勤恳的医师通常问到病人的种种问题,即使有一半不回答,也丝毫无损于病人的健康,可是米哈依尔·谢尔盖伊奇、医科学生、艺术家,全都现出一本正经的脸色,仿佛只要瓦西里耶夫有一个问题答不上来,就会前功尽弃似的。医师听到答话以后,不知为什么,总在一片纸上记下来。听说瓦西里耶夫学过自然科学,眼前在学法律,医师便深思起来……

"去年他写过一篇精彩的文章……"医科学生说。

"对不起,别搅扰我,您妨碍我集中思想,"医师说,用半边脸笑了笑,"是的,当然,这对病的形成也不无关系。紧张的脑力劳动,疲劳过度……对了,对了。您常喝酒吗?"他对瓦西里耶夫说。

"很少喝。"

又过了二十分钟。医科学生开始压低声音述说自己对这次犯病的直接原因的看法,说到前天艺术家、瓦西里耶夫和他怎样去逛C巷。

瓦西里耶夫听他的朋友们和那位医师讲到那些女人和那条悲惨的巷子的时候用那么淡漠的、镇静的、冷冰冰的口吻,觉得奇怪极了……

"大夫,请您只回答我一个问题,"他说,按捺自己的火气,免得说话粗鲁,"卖淫是不是坏事?"

"好朋友,这还有问题吗?"医师说,表现出这个问题他早已解决了的神情,"这还有问题吗?"

"您是精神病医师吧?"瓦西里耶夫粗鲁地问。

"对了,精神病医师。"

"也许你们大家都对!"瓦西里耶夫说着,站起来,开始从房间的这一头走到那一头,"也许吧!可是我却觉得奇怪!我学了两门学问,你们就看作了不起的成就,又因为我写过一篇论文,而那篇论文不出三年就会给人丢到一边,忘得精光,我却被你们捧上了天。可是由于我讲到那些堕落女人的时候不能像讲到这些椅子的时候那样冷冰冰,我却要受医师的诊治,被人叫做疯子,受到怜悯!"

不知因为什么缘故,瓦西里耶夫忽然心中充满难忍难熬的怜悯,他可怜自己,可怜他的同学,可怜前天见过的那些人,也可怜医师。他哭起来,倒在那把圈椅上。

他的朋友们探问地瞧着医师。那个医师现出完全了解这种眼泪和这种绝望的神情,现出自认为在这方面是专家的神情,走到瓦西里耶夫跟前,一句话也没说,给他喝下一种药水,然后,等到他平静点,就脱掉他的衣服,开始检查他皮肤的敏感程度、膝头的反射作用,等等。

瓦西里耶夫觉得舒畅一点了。等到他从医师家里走出来,他已经觉得难为情,马车的辘辘声不再刺激他,心脏底下那块重负也越来越轻,仿佛在溶化似的。他手上有两个方子:一个是溴化钾①,一个是吗啡②……这些药他从前也吃过!

在街上,他站定一会儿,想了想,就向两个朋友告辞,懒洋洋地往大学走去。

---

①② 都是镇静剂。

识别上方二维码

免费收听契诃夫小说精彩片段